Iris Dark – Carlo Napolitano

GRAFFI NELL'ANIMA

Romanzo

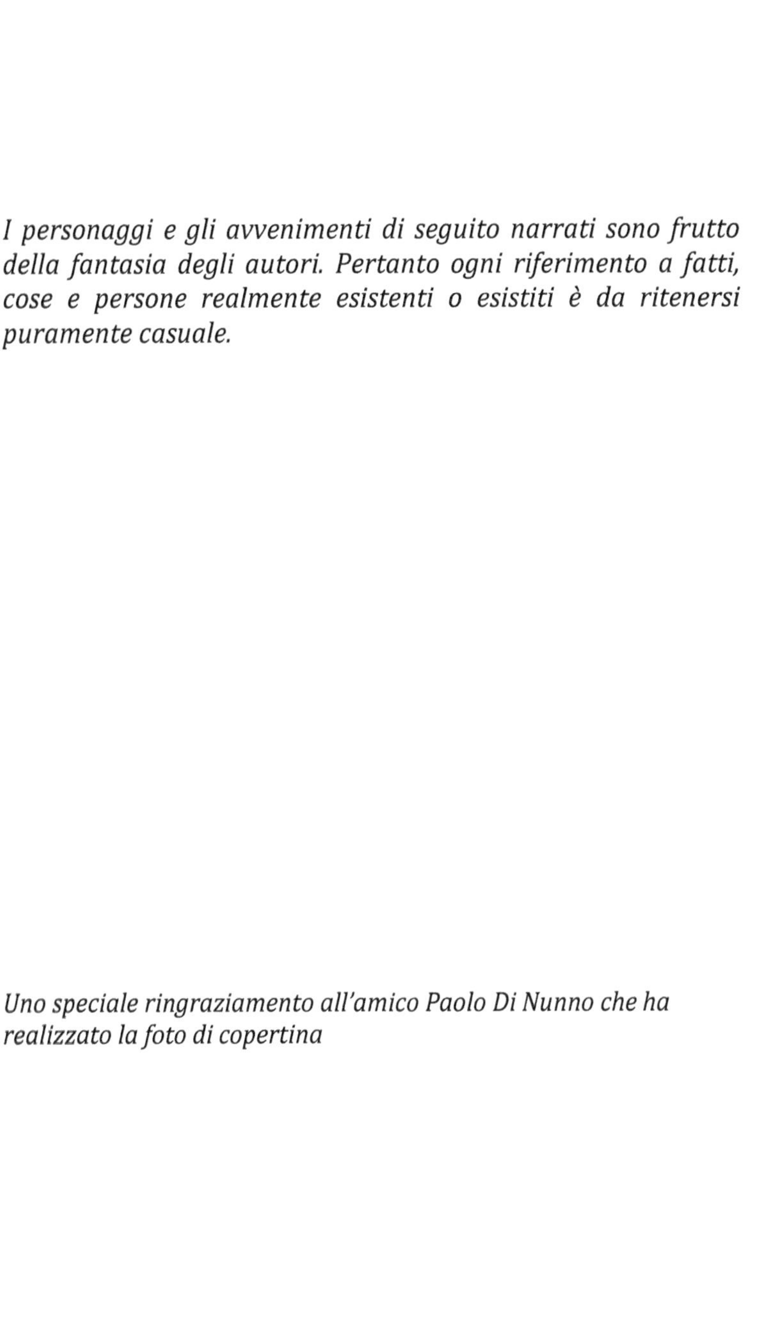

I personaggi e gli avvenimenti di seguito narrati sono frutto della fantasia degli autori. Pertanto ogni riferimento a fatti, cose e persone realmente esistenti o esistiti è da ritenersi puramente casuale.

Uno speciale ringraziamento all'amico Paolo Di Nunno che ha realizzato la foto di copertina

(.....) 'poiché tutto il mondo giace nella potenza del Maligno'

I Giovanni 5:19

PROLOGO

Il mio sguardo oltrepassò il vetro della finestra che era di fronte a me per fissarsi sulla strada innevata percorsa da ragazzini urlanti che si lanciavano palle di neve e dalle auto che disegnavano strisce nere sulla coltre bianca che calava lentamente sulla città.

Mi voltai, guardando il corpo della mia ultima conquista della notte precedente, rannicchiato sotto le coperte; qualche rumore proveniente dalla strada la scosse. Si girò verso di me, aprendo i suoi grandi occhi neri che mi avevano lasciato senza fiato solo poche ore prima, e mi sorrise.

Ricambiai il suo sorriso: in fondo cos'èra? Solo una che avevo rimorchiato in un bar; un drink, quattro chiacchiere, "ti va di venire da me?" e tutto s'era compiuto. Sorrisi stereotipati, qualche risata per le scale e alla fine i corpi avvinghiati l'uno all'altro. Le mani febbrili che frugavano la carne sotto i vestiti e le bocche che si incontravano mentre, nudi, ci si spingeva sul letto, sfinendosi in quell'eterna danza erotica che annullava e che sembrava spingermi alla ricerca di quel che ormai sembrava non avere più senso, nonostante l'avvenenza delle mie occasionali compagne, così com'ero, ingoiato ormai dagli anni e dalle delusioni.

Ed ecco che cercai di ricordare il suo nome; "come si chiamava? Ah", mi venne alla mente: 'Christine ', mi aveva detto. "Beh, cara Christine , mi hai regalato un po' di te questa notte e te ne sono grato. Adesso entrerò di nuovo nel letto, baciandoti il viso e il collo, cercherò ancora una volta il tuo corpo caldo, faremo dell'altro buon sesso e dopo una bella doccia e un'abbondante colazione giocheremo a fare gli innamorati, fingendoci presi l'uno dall'altro ed infine ci lasceremo scambiandoci i numeri di telefono e promettendoci di rivederci, senza troppa convinzione. Ma in fondo pensandoci bene cara Christine, tu, come hanno fatto altre prima di te, mi hai strappato alla bottiglia per una notte, concedendo un po' di tregua al mio fegato appesantito e rinvigorendo le mie arterie."

Due ore dopo Christine era andata via e io mi ritrovai di nuovo solo tra le contraddizioni e il casino dei miei pensieri contorti che non mi davano tregua, spingendomi sempre più verso l'abisso della bottiglia che ironica mi fissava dal comodino accanto al letto. Sembrava quasi mi parlasse.: "Robert? Robert! Dai! Sono qui che ti aspetto, vieni a svuotarmi sino a vomitare, spingimi dentro le tue viscere e dentro il tuo cervello così che io possa darti un po' di finta gioia, di buonumore a basso costo e poi quando avrai finito potrai buttarmi nel secchio dell'immondizia, insieme alle tue delusioni e ai tuoi ricordi di eterno sfigato". Già, i miei ricordi.. Entrai in bagno e mi guardai allo specchio: "cazzo che schifo!"

Ma come avevo fatto a diventare così? La barba mi dava fastidio; erano giorni che non mi radevo. Come mai lei non mi aveva detto nulla?

E perché avrebbe dovuto dirmi qualcosa? In fondo chi ero io per lei? Nessuno. Un volto incontrato tra luci soffuse di un locale, una voce, forse come tante; e a lei non interessava la voce. Lei voleva dell'altro e lo voleva intensamente, forse solo per sfuggire ai suoi pensieri e per risentire ancora una volta quel profumo di maschio e il tocco di due mani straniere che le accarezzavano la sua pelle insinuandosi tra le pieghe della sua gonna, e facendola sentire di nuovo donna, desiderata. Che importava poi se ciò durava il morso di una notte?

Lo specchio del bagno mi restituì l'immagine della

bottiglia che era sul tavolino in camera da letto. In quel mentre il suo richiamo mi sembrò più flebile, quasi indistinto, confondendosi con i lontani rumori che provenivano dalla strada. Iniziai a radermi. Ma la mano era stanca, pigra, mi ferii leggermente il mento imprecando contro la mia goffaggine. La matita emostatica fermò il sangue.

Il sangue è sempre pronto a uscire copioso, specialmente se la ferita è larga. Viaggia veloce nelle vene come le idee nel mio cervello, quando la rapidità dei pensieri non è offuscata dal silenzio delle cose, e dagli oggetti che mi sono intorno. Già, le cose mi distraggono, impedendomi di concentrarmi su ciò che devo fare, dire..

Ma, in fondo a chi frega? Cosa resterà di quel che ho detto o fatto quando l'orologio del tempo avrà steso la polvere su quel che rimarrà di me una volta che avrò tirato le cuoia?

Nulla, il nulla che pervade tutto, che si insinua nei recessi più asconditi della mente, che celebra il suo trionfo, che mi osserva mentre dormo o quando cerco di recuperare quel barlume di lucidità quotidiana, se non sono ubriaco. Ed è strano come il nulla non abbia volto anche se la sua presenza è forte, ossessiva, derisoria. Io lo sento vicino; a volte mi sussurra nelle orecchie arrivando veloce alla mia mente. E allora cerco di non ridere di me, degli altri, delle preoccupazioni che riempiono la loro giornata e che danno senso al loro respirare. E poi penso: 'Ma come? Non lo vedete? Eppure è sempre presente'!

Ma forse non lo si vede perché il nulla ormai è dentro di noi, nelle cose che diciamo o facciamo, nella follia di quella che chiamiamo normalità.

Pensieri, pensieri, perché tanti pensieri? Non serve affogarli nella bottiglia. Si riproducono. I liquidi favoriscono gli accoppiamenti. I pensieri si trasferiscono

nel mio sangue attraverso l'alcool che ingurgito. Trovano terreno fertile ed impazziscono in un'orgia collettiva. E quando il mal di stomaco e la testa pesante mi riportano alla realtà essi sono lì, onnipresenti, a ricordarmi le mie debolezze, le mie ansie, il mio falso senso di sicurezza.'
E finalmente la faccia era pulita, non v'erano più peli, sorrisi. 'No! Meglio un'espressione più seriosa, quasi borghese; borghese, Cosa vorrà più dire oggi? Nulla. Ah ecco di nuovo il nulla, quasi me ne dimenticavo' pensai.
"Muoviti Robert, Ricomponiti! Ti aspetta una mattinata di lavoro!"

Cap I

Ore di duro lavoro, ma ero sicuro che sarebbe venuto fuori un ottimo articolo.
'Che strano paese questo, i servizi sociali sembrano fare acqua da tutte le parti ma in compenso vi è un sacco di gente che vive di pensione, pur essendo ancora giovane. Mah, in Inghilterra sarebbe inimmaginabile' pensai.
Mezzogiorno passato da un pezzo, ero ancora al pc e mi era venuta un po' di fame. Aprii il frigo…..dei sandwich….ma sì, non avevo voglia di cucinare.
Cazzo! Non c'era acqua minerale in casa! Beh, nessun problema, con la dispensa piena di birre, whisky e gin avevo solo da scegliere cosa bere e poi, se proprio non avevo voglia di scolarmi l'ennesima dose di veleno avevo pur sempre l'acqua del rubinetto ma...non mi avevano detto che dove alloggiavo l'acqua non era un gran ché?
Fottuto alcool! Diamine, dovevo decidermi a rivolgermi a qualche gruppo di aiuto, non potevo continuare cosi.; magari ci avrebbe pensato Willard.
Willard, il luminare, l'astro nascente delle nuove terapie anti alcolismo, il guru che prometteva di fare miracoli. Quella sera dovevo presenziare a una conferenza dell'associazione di Willard per scrivere un pezzo. Era in Europa per promuovere le sue cliniche specializzate. Non mi piaceva Willard, non mi era mai piaciuto; quell'uomo mi sembrava avesse un che di losco e gli ultimi fatti di cronaca giudiziaria che l'avevano coinvolto, a Londra, sembravano darmi ragione. Saremmo stati a vedere.
Risi all'idea che proprio io fossi stato scelto dal mio capo per scrivere sui programmi di recupero di Willard.
Ma avrei dovuto prepararmi e andarci sobrio, per cui,

rinunziai al gin e accompagnai i sandwich con una mezza birra.
Dormii un paio d'ore, mi svegliai che era pomeriggio inoltrato, feci una doccia, mi vestii ed uscii. Chiamai un taxi ed arrivai al luogo della conferenza con mezz'ora di anticipo, uno dei saloni adibiti ad incontri pubblici di un elegante hotel del centro storico di Roma. C'era un bel po' di gente quella sera.
Mi accomodai nel settore stampa e diedi un'occhiata al programma della serata consegnatomi da un solerte inserviente. Mentre ero intento a leggere, il mio vecchio istinto di cacciatore fu attratto dal magnifico profumo di una graziosa rappresentante del sesso femminile che passò tra le poltrone, due file avanti a me, in un settore riservato al pubblico, prendendo posto non molto lontano da dove mi trovavo. La osservai: non molto alta ma piuttosto graziosa. indossava un tailleur di colore nero, aveva un paio di splendidi occhi verdi che risaltavano sulla cascata di capelli rossi che incorniciava il suo viso. Un faccino veramente bello, nel quale si notavano la perfezione del naso e della bocca, in perfetta armonia con tutto il resto.
La donna sembrava essere molto interessata a tutto quel che di lì a poco sarebbe avvenuto. La conferenza iniziò; Willard era al centro del tavolo, più impettito e tronfio che mai. Il moderatore lo lisciò per bene prima di introdurne l'intervento che fu piuttosto lungo e condito dalla descrizione dei soliti prodigi legati alle sue nuove, miracolose cure contro il mio caro compagno che mi aiutava ad affogare i miei disagi quotidiani.
Willard parlava seguendo il solito copione che io conoscevo ormai molto bene. Alla fine del suo intervento seguì un ampio dibattito tra lui e alcune persone del pubblico. Mentre quel pallone gonfiato rispondeva con

un aria da messia alle domande postegli io osservavo la donna che aveva attirato la mia attenzione. La vidi intervenire nel dibattito con delle osservazioni veramente interessanti. Aveva una voce delicata ma ferma e parlava con linguaggio forbito e competente. Ma fu piuttosto polemica nei confronti di Willard e attaccò le proposte e i metodi dell'associazione. Per un momento ebbi persino l'impressione che lui facesse fatica a rispondere esaurientemente alle domande che ella poneva sull'efficacia e sull'equità sociale ed economica delle metodologie che venivano proposte a coloro che si rivolgevano all'istituzione che Villard rappresentava per risolvere i loro problemi con l'alcool. Non sapevo perché ma avvertivo un qualcosa di strano in quella donna. Continuando ad osservarla mi dissi che mi sarebbe piaciuto conoscerla. Chissà, magari avrei saputo anche la taglia della sua biancheria intima, se la portava.....
Con questo pensiero nella mente alla fine della conferenza tentai di avvicinarmi a lei e con una scusa fare la sua conoscenza, ma la ressa della folla che premeva per avere l'autografo del pavone assiso dietro il tavolo, mi impedì di raggiungerla. La donna pareva avere fretta di andare via; 'chissà' pensai, 'forse qualcuno l'aspetta fuori'.
All'improvviso, potei notare che le era caduto qualcosa dalla borsetta mentre si affrettava ad allontanarsi verso l'uscita. Mi precipitai verso quel punto del pavimento e mi ritrovai tra le mani un bigliettino da visita. Pensai che non avrei potuto essere più fortunato e mi diressi anch'io velocemente verso l'uscita, con la speranza di poter vedere in quale direzione si sarebbe allontanata. Giunto fuori vidi che si era letteralmente volatilizzata. Deluso, me ne tornai a casa.

Uscito dalla doccia mi accesi un cubano e mi versai un'abbondante dose di whisky. Ripresi tra le mani il bigliettino che avevo carpito a Luna Alfieri, così si chiamava quella splendida creatura, e decisi di contattarla all'unico recapito che vi era riportato, la sua casella di posta elettronica. Altre informazioni, a parte il suo nome, sul biglietto non ve n'erano; nulla sulla sua eventuale professione e nemmeno un numero di telefono.
Mi sistemai davanti al pc e le scrissi:

Buonasera Miss Alfieri, mi chiamo Robert Dalton. Questa sera eravamo seduti nella stessa fila e ho avuto modo di ascoltare il suo intervento, che mi è piaciuto molto. Alla fine, mentre stavamo per uscire, volevo congratularmi per le interessanti osservazioni che ha fatto e per condividere con lei alcune riflessioni ma è scappata via subito dopo. Le sono quasi corso dietro; lei però doveva avere un impegno veramente urgente per andare via così di corsa e la ressa della folla che voleva stringere la mano al conferenziere mi ha quasi bloccato. Comunque come vede sono stato fortunato perché ho trovato un suo bigliettino da visita che l'è caduto dalla borsetta quando s'è alzata per andarsene. Così ho pensato di scriverle - scusi se mi sono permesso - perché volevo approfondire con lei quel che ha detto alla conferenza. Se ritiene opportuno dare seguito a questa mia richiesta gliene sarei veramente grato. Nell'attesa di un suo riscontro le auguro una felice serata.

Robert Dalton

Cliccai sul tasto 'invio' e spensi subito. Quella sera non avevo voglia di cazzeggiare al pc e il bicchiere di whisky che avevo appena ingurgitato mentre ero al pc stava cominciando a far sentire i suoi effetti. Sprofondai tra le braccia di Morfeo e dormii molte ore. Quando mi svegliai la luce esterna che filtrava attraverso la tenda della mia camera da letto m'indicò che doveva essere già mattina inoltrata. Mi girava un po' lo stomaco perché la sera precedente non avevo cenato. Feci una frugale colazione e mi misi al PC.

Porca puttana! Non credevo ai miei occhi. La misteriosa donna, oggetto delle mie attenzioni, mi aveva risposto:

Buongiorno Mr Dalton, dal suo nome si deduce che lei non è italiano; è forse un assistente del Dott Willard? M'incuriosisce pensare come possa congratularsi per il mio intervento di ieri sera poiché è stato certamente il meno gradito e condiviso della serata. Ho deciso solo ieri di intervenire a quell'incontro, una scelta improvvisata e casuale, generata dal forte vento che durante la mia passeggiata nel pomeriggio ha condotto tra le mie mani il volantino di presentazione della New Era for the World, l'istituzione diretta dal Dott. Willard . L'unica cosa che ha colpito il mio interesse è stata l'idea del gruppo di aiuto e discussione, certo, non ero informata su come si sarebbe svolto il tutto. Non ho però dovuto attendere molto prima di rendermi conto di ciò che avrebbe animato da lì a breve lo stesso incontro e la mia reazione. Sono stata piuttosto contrariata da quella che mi è sembrata una banale campagna di marketing dove il gentile Dott. Willard non ha fatto altro che confezionare riferimenti circa l'apertura del nuovo centro in Italia, dove era più che evidente che nemmeno un quarto dei partecipanti avrebbe potuto permettersi nemmeno un mese di 'soggiorno vacanza' in quella struttura. Credevo si trattasse di una semplice e realistica proposta di gruppo d'aiuto nell'ambito del quale un terapista avrebbe dato un suo reale contributo, non certo l'autopromozione di un nuovo 'luogo di miracoli'. Vedere inoltre tutte quelle facce inebetite che lo ascoltavano guardandolo come fosse un santone mi ha indignata al punto che, come ha notato, appena terminata la conferenza me ne sono velocemente andata. Mi ritengo comunque molto soddisfatta per aver espresso ironicamente il mio dissenso, cosa peraltro ben compresa dal dottor Willard, considerando le occhiatacce che mi rivolgeva. Non è mia abitudine intervenire o prendere la scena ma non sopportavo più il suo pavoneggiarsi e se da un lato speravo che quel commento scuotesse quelle persone, dall'"altro la mia franchezza non mi ha permesso di rendermi complice e sostenere quel personaggio. Mi scuso se la cosa ha eventualmente recato disagio ma credo nell'etica e nella moralità professionale, soprattutto di chi decide di dedicarsi a persone con problemi, che trovano il coraggio di affrontarsi in piena consapevolezza, pronte a sostenere i dolorosi percorsi necessari per giungere alla guarigione.

Quella di ieri sera, a mio avviso, tutto mi sembrava fuorché un'occasione finalizzata al reale benessere dei partecipanti.

La ringrazio per avermi scritto e le auguro una serena giornata.

Luna Alfieri

P.S. – Laddove volesse ricontattarmi può farlo anche usando la messaggistica di Skipe. Il mio nick è: 'Lunagraffiata'.

'Tipino tosto la signora' pensai con un sorriso.

Durante la giornata sbrigai degli affari che non potevo più rimandare e quando tornai a casa la sera, il mio primo pensiero fu di mettermi al PC e scrivere alla mia nuova conoscenza. Mi preparai finalmente una cena decente e tra un boccone e l'altro le inviai un'altra mail:

Buona sera Miss Alfieri. La ringrazio per la gentilezza che ha avuto nel rispondere alla mia mail. Come il mio nome le ha

ovviamente fatto immaginare non sono italiano. Sono un giornalista dell'Herald of London e mi trovo in Italia per scrivere una serie di articoli sulle politiche di aiuto contro il disagio sociale attuate in alcuni paesi dell'Unione Europea; l'Italia non è stata la mia prima tappa. Prima di venire qui infatti avevo trascorso qualche settimana in Francia. In realtà, fino a poco tempo fa, mi occupavo di recensioni musicali per la pagina della cultura del mio giornale e sono da poco passato ad altro settore.
E' una fortuna per il dottor Willard, che io non abbia nulla a che fare con lui; probabilmente se lei non mi avesse preceduto di un soffio le cose che ha detto nel suo intervento le avrei dette io, ma quando lei alla fine si è seduta ero così soddisfatto dalle sue parole che non sapevo cos'altro aggiungere. La sua sorpresa nei miei riguardi non ha motivo di essere quindi, anche se mi è sembrato che ci fosse una sorta di isolata, complice e silente sinergia tra noi due rispetto ai mormorii di disapprovazione alle sue parole, che anche lei ha sicuramente udito.
Ritornando al dott. Willard, le devo dire che a Londra ha avuto parecchi problemi negli ultimi tempi. Non so se è a conoscenza di un sospetto caso di corruzione emerso in seguito a un'inchiesta che gli investigatori del fisco inglese stanno conducendo sui suoi trascorsi lavorativi risalenti a qualche anno fa, quando lavorava presso una grossa banca della city. In verità mi sono chiesto come mai, con i problemi che sta attualmente avendo con la giustizia inglese, abbia deciso di imbarcarsi, in un frangente simile, in un giro promozionale delle sue attività per la nuova istituzione di cui fa parte e nella quale sembra profonda tante energie. Le posso comunque dire che conosco da tempo l'istituzione presieduta proprio da Willard e l'assicuro che questa agli esordi era tutt'altra cosa, in positivo, s'intende.
Del resto sembra che le cose oneste, sincere, utili agli altri subiscano una sorta di perversa trasformazione sociale quando finiscono sotto l'attenzione dei 'benefattori' di turno, specialmente quando esse mostrano efficacia di risultati e acquisiscono importanza.

Vorrei però continuare questo nostro scambio di idee sull'argomento e comunque perdoni la mia curiosità, ma lei di cosa si occupa? Nel suo intervento ho avuto l'impressione che conoscesse bene gli argomenti di cui parlava e che li stesse trattando con competenza. Non dico questo per farle la solita 'sviolinata', come dicono qui in Italia. Mii farebbe veramente piacere conoscere qualcosa in più su di lei, se ovviamente non mi riterrà inopportuno...
Le auguro intanto una buona serata e se vorrà sarò lieto di rileggerla.

Robert Dalton

P. S: a rischio di essere invadente ma, cosa vuol dire il suo nick?

Il mattino dopo trovai un'altra sua mail di risposta:

Buongiorno Robert ritengo possiamo essere più informali se la cosa non la disturba quindi mi permetto di passare al 'tu'. Immagino la tua professione molto interessante e che ti offra molti stimoli nonché la possibilità di poterti confrontare con diverse culture e realtà attraverso i viaggi che sicuramente fai. Sono felice di sapere che condividi il mio pensiero; d'altra parte se tu fossi stato in qualche modo connesso a Willard non avrei esitato ad approfondire il mio intervento dell'altra sera, cosa che peraltro non escludo di fare scrivendogli, ammesso non sia troppo impegnato nella sua campagna di marketing e si degni di leggere una mail da una semplice sconosciuta. Non associo la responsabilità dell'ospite in oggetto alla 'New Era for the World' poiché, da anni, questa ha sempre dimostrato un reale impegno sociale con notevoli risultati e appare più che evidente che per potersi sostenere, data la profonda crisi economica alla quale siamo giunti, talvolta è costretta – così come fanno altre istituzioni ugualmente meritorie - a scendere a compromessi che ne permettano il sostentamento. Comunque mi farà piacere continuare la nostra corrispondenza; credo sia sempre utile confrontarsi con gli altri, che condividano o meno le nostre idee. Spesso sono le differenze, qualora si sia in grado di coglierne gli effetti positivi, a permetterci maggiormente di crescere. Per ciò che concerne le competenze credo ne abbia sicuramente più tu, io sono solo un'osservatrice, dotata forse di un eccesso di empatia, che fa tesoro di tutte le esperienze della propria vita, siano esse positive o negative, con le relative conseguenze. Attualmente non lavoro, mi sono trasferita a Roma solo da pochi mesi; ho fortunatamente trovato un piccolo bilocale a un prezzo accessibile e non troppo distante dal centro ma lontano quanto basta dal caos della metropoli. E' stata una soluzione abitativa soddisfacente poiché sono una persona che, compatibilmente con le proprie esigenze lavorative, preferisce vivere molto del suo tempo in solitudine. Il frutto del mio intervento deriva quindi dai miei studi nel settore sociale e soprattutto da ciò che ho vissuto e imparato negli anni, a contatto con persone con diversi gradi di disagio sia fisico che psicofisico, che ho incontrato nelle strutture presso le quali ho lavorato, come quelle per i bambini autistici o per gli anziani.

Non sei invadente, il mio nick rappresenta semplicemente una metafora di ciò che il percorso vitale lascia sull'anima: graffi.

Ti auguro una buona giornata.

Luna

Mi sentivo euforico, quella donna iniziava a interessarmi sempre di più. Quella sera stessa le inviai un breve messaggio invitandola ad utilizzare la messaggistica di skype:

Ciao Luna, ho letto con piacere la tua ultima. Grazie per avermi concesso il 'tu'. Mentre ti leggevo non ho potuto fare a meno di pensare alle esperienze che hai avuto mentre ti occupavi di problematiche sociali. Ho la forte impressione che tu sia una persona dotata di sensibilità più che normale e vorrei approfondire questo nostro contatto, seppur virtuale. Questa sera sono impegnato perché devo completare un pezzo da inviare domani mattina a Londra; che ne dici di sentirci domani sera in skype? Mi trovi come 'Robert.Dalton'.
Sempreché tu non abbia altro da fare, s'intende.
Diciamo alle 21?
Detto francamente, credo sia un invito che si possa accettare...che ne pensi?

Saluti

Robert

La sera seguente eravamo in chat:

Robert: ciao Luna!
Luna: Ciao Robert
Robert: grazie per avere accettato il mio invito
Luna: un piacere inaspettato
Robert: sai, speravo lo facessi
Luna: grazie
Luna: come stai?
Robert: bene e tu?
Luna: bene
Robert: spero di non aver interferito con il tuo orario di cena
Luna: no non preoccuparti
Robert: A rischio di essere indiscreto ma. c'èra qualche interesse personale aggiuntivo che spiegava la tua presenza alla conferenza? A parte quello che mi hai già comunicato, voglio dire
Luna: beh , dato l'argomento in questione diciamo che forse inconsciamente sono stata spinta da qualcosa d'altro oltre la curiosità
Luna: tu invece?
Robert: a dirti la verità il tema non mi è estraneo, in senso personale, intendo
Luna: beh allora puoi comprendermi
Robert: ti comprendo. L'alcool sembra una sorta di granata, fa danni un po' ovunque, in giro
Luna: una sorta di virus secolare si potrebbe ormai dire
Robert: eh si, che spesso si interseca con le frustrazioni, le passioni, le esperienze, i desideri.... per alcuni sembra essere il principale mezzo espressivo ormai
Luna: un problema della società e una delle nuove malattie, come la depressione, peraltro in un mondo dove tutto va di corsa, dove si deve essere vincenti e felici per

forza e dove sembra necessario debellare qualsiasi forma o parola che si avvicini alla fragilità. Se si producono certi effetti non è poi così strano.

Robert: siamo monadi, isole in un mare magnum di accadimenti che a volte non riusciamo a controllare il flusso della vita e quando non riusciamo a farlo, quando la realtà sembra sfuggirci di mano allora i rimedi sembrano facili, sono li, a portata di mano. Tu cosa pensi al riguardo?

Luna: che è vero ma tutto ha un prezzo e le strade più facili non sempre conducono ai giusti percorsi e troppe volte ci si trova davanti - e troppo presto - a traguardi inaspettati e non previsti

Robert: concordo con te, però in alcuni frangenti sembra non ci sia molta possibilità di tornare indietro

Luna: se si giunge al punto di non ritorno significa che si sono fatte scelte troppo rischiose ma credo che inconsciamente o meno quando si arriva a questo ciò sia il risultato di un effetto 'voluto'

Robert: sembri una persona che ha analizzato piuttosto bene certi vissuti, ti invidio tanta lucidità, sai?

Luna: sono solo una persona abituata ad interrogarsi su tutto ciò che incontra, i perché, le cause, le possibili conseguenze e sempre partendo da me stessa ma forse ciò non è lucidità, forse in realtà è solo timore, una sorta di ansia di controllo

Robert: timore? E di cosa?

Luna: timore che le cose sfuggano di mano, che le proprie fragilità vengano sommerse dall'aggressività e dall'opportunismo altrui, forse timore di non riuscire nelle proprie aspettative

Robert: mi sorprendi, parli del timore in maniera naturale, molti sembrano volerli esorcizzare i propri timori, anche con le parole

Luna: non penso sia intelligente sfuggire a se stessi, credo anzi che la consapevolezza dei propri limiti e risorse sia l'unica possibilità da poter utilizzare per arginare certi meccanismi distruttivi che si innescano in condizioni non favorevoli

Robert: i vecchi demoni interiori di cui parlavano gli antichi

Luna: si, forse archetipi

Robert: ognuno ha i propri demoni Luna, questo lo sai

Luna: si, lo so

Robert: Jim Morrison, solo per fare un esempio, è stato fedele ai suoi; e con lui altri

Luna: Jim Morrison è stato uno dei miei idoli. Essere fedele ai propri demoni implica la consapevolezza che per quanto capaci non saremo mai noi a comandare o controllare loro ma essi lo faranno con noi fino a portarci alla distruzione e riusciranno a farlo con così tanta maestria da far sembrare tutto come il risultato di una scelta nostra

Robert: la tua affermazione non fa una grinza; e allora dimmi, che soluzione avresti tu, diciamo, al 'problema'?

Luna: l'accettazione, l'accettazione delle proprie debolezze e una crescita interiore continua che porta ad applicare alla realtà quella cosa che definiamo **assertività**

Robert: interessante, molto interessante - e non lo dico per amore del discorso - continua. se vuoi

Luna: credo sia un podio difficile, l'equilibrio già per sé stesso lo è, l'assertività, almeno per quanto riguarda il punto di vista comunicazionale, che è quello che più rende difficile la quotidianità, dovrebbe essere il risultato del rapporto di equilibrio tra la propria aggressività e la passività. L'accettazione del dolore ma senza la rassegnazione, il lasciarsi attraversare al fine di metabolizzare più velocemente e se possibile apprendere

Una continua crescita personale insomma
Robert: apprendere attraverso il dolore?
Luna: si, non contrastandolo perché così facendo non si fa che opporre inutilmente maggior resistenza
Robert: il dolore visto in tutte le sue manifestazioni vuoi dire?
Luna: si
Robert: un approccio insolito, convieni con me?
Luna: forse, ma ritengo che questa possa essere una soluzione funzionale
Robert: ma il dolore vissuto sino in fondo comporta comunque un prezzo, il prezzo della sofferenza stessa
Luna: è questo il fulcro della situazione. La tristezza, il dolore, vengono demonizzati e sembra che si debba fare qualsiasi cosa pur di evitarli. Tutto intorno a noi ci porta a distoglierci, confonderci, come se mille luci ci circondassero col solo fine di distrarci da quello che in realtà è dentro di noi. Quando le luci si spengono, cosa che accade quando siamo stanchi e costretti a fermarci, se non l'abbiamo fatto prima, allora dobbiamo scontrarci con quello che è realmente dentro di noi
Robert: mi dai l'impressione di una persona che abbia sperimentato bene questo approccio...o è solo una mia speculazione?
Luna: il mio continuo bisogno di fare introspezione mi ha portato a sviluppare questo atteggiamento, ciò non significa sia facilmente applicabile ma personalmente tendo verso questo modo di affrontare certi problemi
Robert: devo dirti che se avessi letto queste parole che hai scritto in un contesto di tipo religioso non mi avrebbero sorpreso ma tu non hai fatto alcun accenno a una visione mistica del dolore. Il tuo modo di vedere pare avere più relazione con un qualcosa di naturale, molto umano direi

Luna: si, umano, dici bene perché il dolore è una componente della vita e della nostra umanità ed esso si presenta, sotto tanti aspetti, anche in situazioni di insicurezza, di precarietà e di dubbi; dipende dalla soglia di sensibilità di ciascun essere umano. Il misticismo, le religioni, gli inganni mentali, le scorciatoie di facili piaceri non sono altro che alibi e boe alle quali spesso ci attacchiamo ingannandoci, così che possano essere sufficienti a proteggerci e fornirci il giusto coraggio. L'essere umano è stupefacente nella sua capacità di mentire a se stesso oltre che agli altri

Robert: ma il bisogno dell'altrove, del divino, è antico nell'umanità. Che poi le religioni possano o no essere manifestazioni della divinità ciò è materia di fede, di credenze

Luna: il bisogno di credere in qualcosa di superiore serve a conferire un senso, da sempre, alla propria vita, una direzione, un cammino da percorrere; diversamente ci si sentirebbe perduti e forse anche questa non è altro che un'illusione dettata dalla paura

Robert: già e a quel punto c'è lui, il nostro demone, che ci suggerisce cosa fare

Luna: come 'sostare , direi, respirare per un po'

Robert: o affogare per un po'...

Luna: credo che il dolore sia veramente parte della vita e spesso serve persino a sentirci vivi; un elemento che può divenire abituale e che può persino condurre a meccanismi distruttivi perché non se ne può fare a meno e perché nonostante il male che provoca fa sentire **vivi.** Pensa ad una cosa, un piccolo esempio, forse sciocco ma che potrebbe far riflettere

Robert: ti leggo

Luna: sin dal momento del parto, partendo dalla madre che con dolore dona una vita, possiamo dire che le prime cose che il bambino, passato attraverso le doglie che ha provato la madre nel partorirlo, conosce sono due: il dolore e la paura; la paura istintuale del ritrovarsi improvvisamente al mondo, strappato da quel liquido amniotico che lo cullava e proteggeva, una violenta sferzata ai polmoni che si riempiono di un elemento diverso, le luci, i rumori, la vita insomma. Egli è vivo: 'vivo'='dolore' .Non è quindi l'associazione **dolore – paura** instillataci dentro sin dalla nascita?

Robert: confesso che visto da questo punto di vista il ragionamento sembra non avere falle

Luna: è solo una mia considerazione

Robert: lo so

Luna: crescendo poi, il dolore viene strumentalizzato persino da noi stessi, da bambini, per esempio, si comprende che mostrando il dolore si possono ottenere più attenzioni dai genitori. Come sai, comunque, la società demonizza il dolore ospedalizzandolo e cercando di trovare tutti gli antidoti possibili per eliminarlo, etichettando poi come 'folle' chi magari lo vive naturalmente

Robert: questo avviene perché l'Occidente in particolare, ha escluso l'antica sacralità del dolore dal proprio sviluppo sociale e storico, relegandolo negli angusti confini della penitenza, del confessionale e in quelli molto più ampi, del cristianesimo. Una volta il sacro – spesso un sacro di matrice pagana - aiutava ad accettare il dolore, persino quello più grande: la morte

Luna: si è vero. Inoltre accade spesso che in qualsiasi società, sia essa piccola o grande, antica o moderna, esiste sempre qualcuno che per prendere il potere coltiva la strategia della paura e del dolore, solo per esercitare più facilmente il controllo, come succede anche nella nostra epoca, o com'è accaduto nei tempi passati. Negli anni

60/70 del secolo scorso,ad esempio, le droghe , l'alcool e tutto ciò che creava i mitici paradisi artificiali era fintamente condannato ma in realtà tollerato da chi ha sempre avuto il potere (volendolo fare) di debellarlo; e questa situazione è stata permessa da quelli per i quali essere preda degli stupefacenti e disinteressarsi completamente di tutto quel che accadeva intorno a loro era condizione ideale

Robert: non ti sembra una visione politicizzata?

Luna: come ti dicevo, è solo una mia personale considerazione e del resto vivo molto al di fuori di qualsiasi contesto sociale e politico che potrebbe influenzarmi, per cui non attribuisco alle mie parole una qualsiasi valenza di tal genere

Robert: lo noto, sembri quasi avulsa o lontana dalle considerazioni che normalmente altri avrebbero fatto al posto tuo

Luna: non saprei

Robert: beh, io scrivo lo sai, viaggio, intervisto persone e perciò sono abituato a confrontarmi con le loro idee

Luna: si è vero

Robert: e mi accorgo sempre di più che la nostra società e ormai troppo complessa per voler persino cercare di analizzarla o comprenderla

Luna: a volte più i meccanismi sembrano complessi più in realtà sono semplici

Robert: non so perché ma in questo momento il tuo ragionamento sul dolore mi rimanda mentalmente, e quasi d'istinto, al binomio Amore/Morte

Luna: e non sono forse la stessa cosa? l'Amore, ad esempio, non vive in assenza di dolore; e l'Amore stesso non è forse la morte di qualcosa?

Robert: di quel che eravamo vuoi dire? Prima dell'incontro con l'altro?

Luna: certo; e comunque sia l'amore non è mai come lo si è pensato inizialmente; può anche essere migliore di come l'avevamo immaginato ma ciò non significa che Esso non implichi sacrifici o dolore. Del resto anche nell'Amore si può trovare il dolore, il dolore di perdere quel piacere, il dolore della mancanza, il dolore della solitudine. Credo che il dolore sia una parte inscindibile e forse una delle più vere del nostro essere

Robert: spiegati meglio

Luna : l'amore è un sentimento profondo, che può essere espresso in mille forme; c'è l'Amore per il prossimo, quello per i propri figli, i genitori, gli amici, poi c'è l'Amore per il proprio compagno. Sin dall'antichità infatti l'amore era stato distinto nelle diverse manifestazioni di Eros, Philìa, Agape. Ad ogni modo io credo che il dolore intervenga in qualsiasi rapporto interpersonale in modo da creare un legame stretto tra amore e dolore

Robert: secondo te, in che misura questi due elementi possono andare insieme?

Luna: dipende dal tipo di amore, Schopenhauer,ad esempio, aveva fatto delle distinzioni

Robert: l'Amore comunque, come sai, può anche dare la morte in alcuni casi

Luna: si, proprio dando origine, a volte, al dolore. Questo infatti può far compagnia a forme diverse di amore

Robert: ma tu pensi che il dolore sia necessario all'amore o no?

Luna: diciamo che semplicemente questi due elementi sono inscindibili l'uno dall'altro

Robert: e per te quale dei due elementi ha preponderanza?

Luna: dipende dalle risorse che si possiedono e dalla natura del rapporto tra i soggetti coinvolti, non esiste una

percentuale identica per tutti, siamo esposti a troppe variabili
Robert: già, 'pene d'amore perdute' diceva il vecchio Shakespeare
Luna: si... e penso che la carità e l'Amore incondizionato siano forse le uniche due cose che ci preservano dal dolore
Robert: il sottile piacere della sofferenza per amore è ciò che adesso mi viene a mente, quasi una necessità dello spirito sembrerebbe
Luna: in alcune forme il dolore arriva persino ad essere una forma malsana di rassicurazione e perciò vi rimaniamo esposti, soffrendo, pur di non affrontare delle perdite che ci destabilizzerebbero e che crediamo di non saper supportare o sopportare. Chissà, che il dolore sia un'atavica forma del nostro essere?
Robert: forse
Luna: comunque, a parte le personalità masochiste non credo che alcuno tragga coscientemente piacere dal dolore ma esso, a volte, rimane inevitabile. Forse quindi è solo un prezzo da pagare per raggiungere il soddisfacimento dei nostri bisogni
Robert: c'è gente che soffrirebbe volentieri le pene dell'inferno per amore, almeno per salvarlo, l'amore
Luna: appunto, quindi la questione si sposta. Non si tratta di definire se esista il dolore associato all'amore ma in quale percentuale esso sia tollerabile o meno
Robert: questa è una questione strettamente personale; credo dipenda dal valore che attribuiamo alla persona che diciamo d'amare, laddove a volte, l'oggetto d'amore, donna o uomo che sia - e scusami l'uso del termine oggetto - altro non è che il veicolo per arrivare a forme di conoscenza intime, profonde, quasi universali; questo lo sapevano bene i poeti provenzali dell'Amor cortese, i

filosofi neoplatonici e gli scrittori romantici dell'ottocento
Luna: si, concordo con te e io assolverei tutto in tre semplici parole che fanno la differenza da un essere umano all'altro: limiti – risorse - priorità. Riguardo poi a quel che hai appena scritto posso dirti che ciò che penso dell'Amore cortese e delle sue manifestazioni è che esso fosse una sublimazione narcisistica, cioè la conduzione estrema del proprio annullamento nei riguardi di colei che impersonificava 'l'oggetto' d'Amore, che veniva perciò reso irraggiungibile, persino inconoscibile nella sua totalità e quindi da servire, omaggiare e venerare. D'altra parte penso che questo atteggiamento servisse a mascherare linguaggi simbolici e criptici e che la donna quindi fosse solo un pretesto culturale, soprattutto se la si intendeva nel senso di Sophia, ovvero Sapienza. Ma credo anche che questa moda culturale nascondesse anche una fantasiosa forma di viltà
Robert: viltà?
Luna: si, perché a volte gli esseri umani, di fronte alla probabile realizzazione dei loro sogni più profondi, non sanno realmente come gestirli, ricorrendo quindi alla sublimazione mitica o letteraria. In quei tempi, secondo me, considerata la presenza nell'immaginario sociale degli spauracchi del demonio e del peccato era più semplice passare da vittoriosi eroi per la 'resistenza' nei riguardi della tentazione che lasciarsi invece andare e 'cogliere' il frutto del desiderio, anche se poi molti, nell'innominato – e spesso adultero - segreto dell'alcova, non esitavano a 'stendere la mano'. Sovente, sul piano sociale e religioso, ciò che era uscito dalla porta rientrava dalla finestra perché gli sguardi, i versi di ballate e poesie e la musica stessa accendevano i desideri e l'immaginazione e quindi l'oggetto d'amore veniva veicolato in altre simbologie. Questo avveniva anche perché, secondo me,

semplicemente non si era pronti a combattere la quotidianità che spegne l'idealizzazione dell'oggetto; oggetto che improvvisamente diviene reale...

Robert: tu sai che la letteratura e l'arte, in fondo servono anche a rendere l'esistenza umana meno dolorosa. La soluzione sta nel tenere distinti l'ambito della realtà e quello dell'invenzione letteraria, anche se in questo caso, per le persone più idealiste, verrebbero meno la fantasia e la potenza evocativa del mito, ai quali molti fanno appello in momenti di crisi

Luna: è proprio questo che sto tentando di affermare con altre parole; come esseri umani ci circondiamo di alibi fallaci costruendoli nelle migliori architetture e rendendoceli sempre più veritieri e appetibili, ma la verità è che le risposte non sono nelle icone idealizzate o nella fantasia o nel bello dell'arte. Quelle sono accostamenti che aiutano a tollerare meglio il brutto delle nostre esistenze in questa società malata; al contrario, le risposte sono tutte e solo dentro di noi

Robert: noi come misura di tutte le cose; capisco ma allora perché la bottiglia o peggio, la droga?

Luna: perché quando ci rendiamo consapevoli di questo non possiamo continuare a mentirci e tutta quella vacuità non aiuta a spegnere ciò che ci fa male e allora ci scontriamo con la nostra conflittualità, le nostre debolezze, frustrazioni e insoddisfazioni, nella disperata ricerca di dare un senso alla nostra vita, tra l'incapacità di gestire un lutto, un distacco e le proprie debolezze. Del resto ognuno ha un motivo per affogare le proprie insoddisfazioni in qualcosa, sia questa l'alcool o altro. In ogni caso la base è la stessa: noi e il nostro dolore

Robert: forse rischio di essere ulteriormente indiscreto ma questa analisi piuttosto lucida, dove ti ha condotto in termini pratici?

Luna: alla comprensione dei miei limiti, all'accettazione di ciò che rifuggivo e cercavo di non vedere
Robert: e ora lo guardi in faccia quel che rifuggivi?
Luna: si; per un po' di tempo, forse troppo, l'ho guardato attraverso un liquido colorato che inebriava i sensi e il cervello ma ora vedo lucidamente
Robert: e quel che vedi che aspetto ha?
Luna: un viso che non presenta segni apparenti se non quelli naturali dell'esposizione all'età
Robert: capisco quel che vuoi dire e io penso che ognuno di noi, attraverso il proprio inferno o il proprio paradiso, possa, alla fine del percorso 'ritrovarsi' nella sua vera essenza, riconoscersi in qualche modo, di fronte alla realtà, per sapere chi è veramente.
Luna: esattamente..è solo questione di volontà, coraggio, determinazione e la fortuna di riuscire ad avere il tempo per farlo, prima che sia troppo tardi...
Robert : questo ci renderebbe più felici secondo te?
Luna: la felicità è un attimo fugace, è difficile e semplice allo stesso tempo; la felicità è sentirsi appagati di ciò che in quel momento si ha e si sta vivendo
Robert: capisco, questa sera penso che non potrò fare a meno di riflettere sulle cose che ci siamo detti qui. Se ti va possiamo risentirci. Questa conversazione ha, diciamo, risvegliato il mio interesse per certi argomenti; interesse un po' assopito negli ultimi tempi. Allora che ne dici? Ci si risente? Magari dopodomani sera?
Luna: va bene Robert, con piacere; è sempre bello confrontarsi con qualcuno capace di farlo. Ti auguro allora una buona notte
Robert: grazie, sei gentile; in effetti è stata una piacevole conversazione.
Luna: a presto Robert
Robert: buonanotte Luna

Cap. II

La conversazione avuta in chat con quella donna mi aveva messo una strana frenesia addosso ma non ne conoscevo realmente il motivo. E così iniziai a girovagare per la casa, quasi immaginando a occhi aperti il momento in cui l'avrei rivista e le cose che ci saremmo dette…ma fantasticavo e lo sapevo troppo bene. Così, forzandomi di distogliere l'attenzione da quell'essere che aveva catturato il mio interesse mi sforzai di rimettermi al lavoro. Il direttore del giornale mi chiedeva un altro pezzo da scrivere e io non sapevo che fine avesse fatto quel maledetto Willard e la sua compagnia di imbonitori antialcool. Per cui, nei giorni successivi mi diedi da fare per rintracciarlo e venni a sapere che presto ci sarebbe stato un incontro con la stampa in una località poco fuori Roma. Telefonai al direttore del giornale e gli dissi che a breve avrebbe avuto il nuovo pezzo.
Il giorno dopo mi accorsi che non vi erano nuovi messaggi da parte di Luna. Non si fece viva per quasi una settimana, non sapevo cosa pensare, mi dissi che probabilmente faccende personali l'avevano tenuta lontana dal pc e che questo era il motivo della sua strana assenza. Sperai di rivederla all'incontro con i giornalisti che il gruppo di Willard avrebbe tenuto a breve.
Nel frattempo le avevo inviato una e mail per avvisarla dell'occasione, scrivendole che se avesse voluto avremmo potuto incontrarci li. Non ebbi risposta.
Così, la sera dell'incontro con la stampa, mentre l'oratore spiattellava ai vari rappresentanti dei giornali la solita cantilena sulle virtù della terapia New Era, annunziando nuove cure olistiche, mi ero guardato invano intorno nella

speranza di vederla ma di lei nessuna traccia.
Pur non conoscendone il motivo iniziavo a essere stranamente preoccupato dell'assenza di quella donna finché una mattina, con mia grossa sorpresa, ricevetti una mail con allegato un file che mi accorsi era crittografato. Il mittente era Luna. Ricordando qualche elemento che Luna mi aveva fornito e dopo aver smanettato nervosamente per non so quanto tempo sulla tastiera riuscii ad aprirlo e, mentre la mia sorpresa andava aumentando, finalmente riuscii a leggerne il contenuto:

Caro Robert:
è evidente che se mi stai leggendo è perché sei riuscito a decifrare il file crittografato...
Certamente ti stai chiedendo il perché di tanto mistero. Cercherò quindi brevemente di raccontarti ciò che è accaduto nel periodo in cui non ci siamo sentiti.
Dopo il giorno della conferenza fui contattata da due persone anziane che si presentarono in coppia, come collaboratori dell'associazione a cui faceva capo il dottor Willard, che mi chiesero che cosa ne pensassi e del perché avessi fatto gli interventi di cui abbiamo discusso in chat. La loro gentilezza e disponibilità mi colpirono al punto da farmi accettare un altro incontro con loro nei giorni successivi; inoltre mi accennarono che mi avrebbero fatto conoscere una persona molto speciale, che avrebbe chiarito sicuramente i miei dubbi. Vedendo il mio scetticismo insistettero dicendomi che la loro attenzione si era rivolta a me proprio grazie ai miei commenti non condiscendenti di quella sera e che ritenevano giusto farmi comprendere meglio di cosa si trattasse e che la cosa che volevano farmi conoscere era sicuramente il percorso adatto a me, specialmente se stavo cercando una crescita spirituale o una via d'uscita da eventuali problemi personali. Mi dissero inoltre che non era loro abitudine prendere contatto con i partecipanti degli incontri, che in genere essi presiedevano soltanto alle riunioni col pubblico per

controllare che tutto si svolgesse per il meglio. Aggiunsero infine che conoscere il Maestro, così lo definirono, era un privilegio riservato a pochi e che se loro avevano scelto me era soprattutto in funzione del fatto che non gli ero sembrata la solita persona esaltata che si fa prendere da facili entusiasmi.

Quando conobbi il Maestro, capii subito che non si trattava di un uomo comune, ma di un individuo molto carismatico, che sapeva modulare con maestria il tono di voce e la gestualità corporea, trovare le parole giuste e ascoltare in un silenzio partecipe e non fintamente interessato, come usano fare molti. Inoltre ebbi la netta impressione che egli sapesse sempre quando era il momento di parlare e dire cose importanti. Insomma dopo poco più di un'ora di colloquio la sua pacatezza, la sua dolcezza ed i suoi modi mi avevano convinta che ciò di cui parlava era esattamente ciò di cui necessitavo.

M'invitò così al centro, che era stato appena aperto, sotto la direzione di Willard, dove avrei potuto approfondire e confrontarmi con altre persone che, come me, stavano attraversando il grande percorso della conoscenza e nel quale avrei potuto soggiornare per tutto il periodo che volevo. Mi descrisse questo posto come un Eden, un'oasi di pace e serenità.

Non so se a causa di quel che mi aveva detto, dei suoi modi o della mia insaziabile curiosità, decisi di acconsentire e così iniziai il percorso in cui mi trovo adesso..

Ed è soprattutto questo il motivo per cui mi trovo in questa strana situazione. Ora ti descriverò come sono giunta qui, com'è il centro e quali sono i dubbi che cominciano ad attanagliarmi la mente fino a spaventarmi.

Il giorno fissato mi venne a prendere un taxi e, prima che gli indicassi la destinazione, l'autista era già ripartito. Inoltre, seppur mantenesse nei miei riguardi un atteggiamento cordiale, costui sembrava non voler rispondere alle mie domande né essere incline ad instaurare una qualsiasi specie di conversazione in quello che fu un tragitto che durò almeno un paio d'ore.

Lasciata la superstrada non percorse mai strade principali per cui mi sarebbe davvero difficile adesso descriverti la strada per giungere qua.
Aarrivati sul posto il taxista gentilmente mi salutò e mi disse che mi sarei trovata molto bene, augurandomi buona vita.
Al cancello mi accolse la coppia che mi aveva contattata, che con fare molto cordiale mi diede il benvenuto, mostrandomi i diversi ambienti della struttura. Poco dopo fui affidata alla mia coach Alisha, quella che sarebbe stata la mia guida in questo posto e che avrebbe svolto il compito di aiutarmi ad ambientarmi. Mi era stato detto che potevo rivolgermi solo a lei per chiedere spiegazioni e parlare.
La struttura – che ti descrivo sommariamente - è divisa in due casali divisi da un lungo muro e circondati da svariati ettari di terra intorno, adibiti all'agricoltura. Vi è un pozzo centrale, intorno al quale sono disposte diverse panchine in pietra. Di fronte al pozzo si trova un altro edificio, nel quale ci sono la sala mensa, la sala comune e vari altri servizi.
Alisha mi fece vedere la stanza in cui avrei dormito, una piccola camera dall'arredamento spartano, nella quale, alle pareti laterali, si trovavano dei letti a castello. Poi mi mostrò i bagni, la sala comune, la cucina, la sala mensa, un'ampia stanza in cui ci sono solo materassini e che viene usata come palestra ed infine una stanza adibita a laboratorio creativo. Lungo il corridoio ci sono altre stanze che mi disse essere quelle per le donne. Per gli uomini era stato adibito il casale vicino, dall'altro lato del muro divisorio, nei pressi del quale è proibito avvicinarsi.
Questo muro interseca l'area centrale, dove sono la sala mensa e le altre sale comuni. La mia coach mi riferì inoltre che le uniche stanze cui avrei avuto accesso nelle mie prime settimane di soggiorno sarebbero state la mia, la sala comune, la sala mensa e la palestra e che se mi fossi ben ambientata avrei potuto partecipare a tutte le altre attività comuni, trovando prestoil mio giusto posto e ruolo.
A quel punto sarei quindi stata libera di muovermi più liberamente

all'interno della struttura.. Poi aggiunse che il percorso era impegnativo ma che mi avrebbe resa felice e che lei e gli altri operatori in quel luogo mi avrebbero insegnato a staccarmi dalle cose materiali e a concentrarmi su quelle importanti: me stessa e la mia anima. Mi rassicurò sul fatto che non sarei stata sola e che se anche mi fosse parso all'inizio un cammino duro, ben presto sarei stata ricompensata dai risultati, che finalmente mi avrebbero fatto sentire in pace con il mondo e colma di serenità. Quindi si congedò da me informandomi che mi era stato dato un nuovo nome che da quel momento in poi avrei dovuto portare, quello di sorella 'Sibilla', aggiungendo che avrei dovuto solo preoccuparmi di riposare e imparare le regole della casa. Così dicendo mi accompagnò alla mia stanza e mi lasciò un libretto da imparare a memoria e a cui attenermi.
Mi sedetti, un po' frastornata, su quello che mi era stato indicato come il mio letto e mi misi a leggere il libretto. Non avevo stranamente incontrato nessuno durante la mia visita guidata ma ben presto compresi perché...
Le indicazioni contenute in quel manuale iniziavano con una preghiera rivolta all'Universo. All'inizio del libretto, ben evidenziato i grassetto, era scritto che le regole erano imprescindibili e che non sarebbero state accettate eccezioni.
La mattina la sveglia è alle 6, alle 6.30 ci s'incontra tutti nella sala comune per la preghiera di ringraziamento al nuovo giorno. Poi si va in sala mensa e si ha mezz'ora di tempo per fare colazione; colazione nella quale sono servite solo bevande naturali a base di erbe e crusca. Dopodiché chi è già inserito provvede nei compiti assegnatigli, mentre i nuovi arrivati possono trascorrere un'ora in sala comune dove ci si raccoglie per le preghiere e s'incontrano i tutor che raccontano del nuovo mondo ideale al quale bisogna ispirare la propria vita, in un'ottica del tutto nuova. Le due ore successive si passano in palestra dove si fa meditazione. Poi ci si deve raccogliere nelle proprie stanze fino alle 13, ora in cui anche il Maestro viene a consumare il pasto insieme a noi e a dare la benedizione degli

alimenti, che consistono in sola frutta e concentrati di verdure. È consentita una passeggiata di una mezz'ora fuori dal casale - ma lontano dal muro divisorio – durante la quale è possibile anche soffermarsi, previa autorizzazione, a leggere uno dei tanti testi New Age messi a disposizione dalla biblioteca del centro sedendosi sulle panchine intorno al pozzo. Il restante tempo lo si deve trascorrere nelle proprie stanze, a leggere o meditare, fino alle 17.30, ora nella quale ci s'incontra nella sala mensa a bere un frullato proteico. Poi si va nella sala comune e si resta lì fino alle 21. Dopo ci si deve ritirare nelle proprie stanze per la notte. Mezz'ora dopo infatti vengono spente le luci.

Caro Robert, ti sembra dura fino a qui? Perché non sai il resto!. Appena arrivi ti dicono che è fondamentale interrompere qualsiasi rapporto con l'esterno almeno per tutto il periodo di permanenza in questo luogo, poiché è importante non lasciarsi coinvolgere e inquinare dal mondo di fuori. Quindi vengono depositati cellulari, computer e qualsiasi strumento multimediale.

Ci sono un unico computer e un telefono che non sono a disposizione degli ospiti ma ai quali si può accedere in occasioni del tutto eccezionali e dopo aver ottenuto l'autorizzazione del tutor. Come non bastasse, è proibito guardare la televisione, che ovviamente non è disponibile, ascoltare musica e leggere tutto ciò che non è passato attraverso il controllo della direzione e scrivere. È vietato fumare, bere, assumere sostanze psicotrope di qualsiasi tipo, assumere medicinali, salvo quelli vitali, e avere qualsiasi comportamento che possa distogliere dalla concentrazione sul proprio percorso interiore che si è portati a fare. Ma non è tutto, non è e consentita nessuna forma di contatto verbale e fisico con gli uomini e deve essere rispettato per tutto il giorno l'ordine del silenzio salvo i momenti in cui si condivide il cibo e si è tutti nella sala comune dove si può parlare in presenza del maestro e dei tutor. Anche l'abbigliamento qui ha subito una totale revisione; vengono fatti indossare delle vesti bianche con sotto dei pantaloni ed è proibito il non uso della biancheria intima o di tutto ciò che potrebbe recare disagio o

disturbo agli altri compagni.
Immagino tu stia sgranando gli occhi dalla sorpresa e ti stia chiedendo cosa ci faccio ancora qui. Il fatto è che vorrei andarmene ma non saprei proprio come fare e in più comincio a sentirmi davvero confusa. Questi strani ritmi sembrano cominciare ad assuefarmi, come lo stesso strano cibo che ci viene servito. In conclusione, non so bene cosa mi stia succedendo, sentivo solo l'esigenza di scriverti, anche se non so bene per comunicarti esattamente cosa. Vorrei dirti con precisione dove mi trovo ma non sono in grado di farlo, poiché quando sono stata portata qui il percorso si è rivelato lungo e non semplice da seguire e nessuno ha fatto parola sul nome del luogo nel quale ora sono. Adesso devo lasciarti, sono rimasta anche troppo a lungo, spero tu stia bene, non rispondere a questa mia mail, tanto non potrei leggerti. Questa è stata infatti l'unica occasione in cui ho avuto accesso al computer. Fai qualcosa Robert ma non chiedermi cosa perché comincio a non essere più certa di nulla!

Ero sconcertato ma compresi immediatamente che Luna si era messa in una situazione poco chiara. Aprii il bar e mi versai un'abbondante dose di gin. Avvertivo una strana sensazione di bruciore al viso, come se la lettura di quelle parole avesse acceso in me una forte tensione; così mi recai nel bagno per rinfrescarmi. Mentre tenevo in una mano il bicchiere e nell'altra l'asciugamano, alla luce della lampada mi guardai allo specchio: vidi il volto di un uomo appesantito dall'alcool, un uomo che una volta era stato un brillante giornalista e che ormai da qualche anno si trascinava come un relitto in una vita che sembrava non avere più senso; ma il mio pensiero corse di nuovo a Luna: sentivo che dovevo fare qualcosa e subito anche.
Mi venne in mente un'idea. Buttai nel lavandino il gin, per evitare che mi stendesse sul divano per il resto della giornata, chiamai un taxi e mi feci portare all'hotel che

aveva ospitato la conferenza durante la quale avevo visto Luna. Arrivato lì mi recai immediatamente alla reception e, accampando la scusa che avrei dovuto organizzare una conferenza di lì a poco, mi feci indicare il nome della persona responsabile dell'attività congressuale presso l'hotel, chiedendo di incontrarla. Mi indirizzarono al suo ufficio.

Un tipo panciuto, calvo e dall'aria rubiconda mi ricevette in una saletta annessa alla reception. Gli dissi che rappresentavo un'associazione di ex alcolisti e che avevo bisogno della sala congressi per il mese successivo, per cui avevo necessità di conoscere i nominativi dei presenti alla conferenza tenuta dal dott Willard per invitare anche loro. Quando il grassone seppe della mia richiesta rispose con finto garbo, seppur seccato, che per rispetto della privacy dei convenuti non poteva fornirmi quella lista. Gli feci un'espressione delusa dicendogli che senza quei nominativi avrei certamente corso il rischio di avere meno persone di quante ne aspettassi per promuovere le attività dell'associazione che rappresentavo. Non so se avesse mangiato la foglia ma guardandomi con aria lievemente sospettosa mi chiese di aspettare perché doveva fare una telefonata. Con mia sorpresa non usò il telefono che era sulla scrivania ma uscì dall'ufficio. Immaginai si fosse allontanato per parlare con qualcuno, probabilmente per sapere se poteva fornirmi quei nominativi. Tuttavia non ne ero sicuro e dovevo assolutamente conoscere i nomi dei partecipanti per accertarmi se tra loro vi fosse qualcuno che conosceva Luna.

Bisognava agire subito. Diedi una rapida occhiata alla porta; nel momento in cui l'uomo fosse ritornato avrei udito certamente i suoi passi. Andai dall'altro lato della scrivania, aprii i cassetti e cercai febbrilmente tra le carte che vi si trovavano. Avevo calcolato che se mi avessero

scoperto il peggio che avrei potuto rischiare sarebbe stato un calcio nel culo.
Quasi disperavo di riuscire perché erano già alcuni minuti che ero lì a frugare, cercando di non alterare l'ordine delle carte, quand'ecco che su un lato del tavolo viti un piccolo blocco di documenti. Lo ispezionai subito, non avevo molto tempo ed era la mia ultima possibilità.
All'improvviso notai su un foglio il simbolo dell'associazione di Willard. Era la lista che cercavo! Senza pensarci su aprii velocemente la macchina fotocopiatrice che era li vicino e ne feci una copia, riposi la lista al suo posto e misi immediatamente la copia in tasca. Mi ero appena seduto che il tipo rientrò con un sorriso stampato sul volto e un foglio tra le mani. Me lo diede. Il foglio riportava solo i nomi dei partecipanti ma non vi era alcun'altra informazione. Non era molto ma era tutto quel che poteva fare affermò. Lo ringraziai e trascorsi una ventina di minuti con lui ragguagliandolo sulla conferenza che avrei dovuto fare.
Dopo avergli dato informazioni - ovviamente false - sul mio conto, andai via con l'accordo che lo avrei contattato la settimana successiva per dargli conferma e comunicargli se l'associazione che rappresentavo accettava il preventivo di spesa che mi aveva dato.
Mentre tornavo a casa ero colmo di soddisfazione. Avevo avuto una gran fortuna; la lista dei partecipanti era completa di indirizzi, mail e numeri di telefono...
Decisi di telefonare da un telefono pubblico che era nei pressi dell'edificio nel quale avevo alloggio. Fingendomi un vecchio amico di Luna che la sera della conferenza l'aveva riconosciuta da lontano tra la gente, senza riuscire ad avvicinarla, iniziai a chiedere di lei, fornendo, chiaramente, false generalità. Qualcuno mi rispose infastidito dicendomi che non la conosceva, altri mi

invitarono ad inventarmi altre scuse se volevo abbordare una che mi era piaciuta, qualcun altro mi chiese come avevo avuto il suo numero. La ricerca era stata estenuante e infruttuosa. Ero arrivato quasi alla fine dei nominativi della lista. Chiamai disperato l'ultimo numero. Mi rispose una segreteria telefonica che mi comunicava che Eleonora Piccioni – questo era il nome della persona alla quale avevo telefonato – era fuori casa e che sarebbe rientrata la settimana successiva. Ero a terra, non potevo fare molto; l'unica cosa era aspettare e sperare...
Macerai tra un bicchiere e l'altro il tempo che passava, nel tentativo di trovare una soluzione che mi avrebbe permesso di rintracciare in qualche modo Luna se quell'ultimo tentativo fosse andato a vuoto.. Nel frattempo avevo smesso di scrivere e mi ero dovuto sorbire le sfuriate del mio direttore di giornale che, da Londra, minacciava di licenziarmi.
Fu in questo stato di cose che il lunedì mattina della settimana seguente, rifeci il numero dell'ultimo nome presente sulla lista. Dall'altro lato del telefono mi rispose una voce di donna. Mi presentai ancora una volta con un nome inventato e le chiesi di una certa Luna, dicendole che ero suo vecchio amico e che stavo cercando di mettermi in contatto con lei. La donna, all'inizio, era stata disponibile e cordiale ma appena seppe il motivo della mia telefonata il tono della sua voce mutò; mi accorsi che l'avevo messa a disagio e che probabilmente si era pentita di avermi detto di conoscere Luna. Dicendomi che non aveva altro da aggiungere e che stava uscendo per recarsi al lavoro, troncò immediatamente la conversazione senza darmi il tempo di replicare. Nonostante la sua reazione ero soddisfatto. Avevo probabilmente trovato il contatto che mi avrebbe portato a Luna, ne ero quasi certo. Immaginai però che se avessi ritelefonato avrei rovinato

tutto indisponendo irrimediabilmente la donna, per cui decisi di recarmi al suo indirizzo e di spiare i suoi movimenti. Prima o poi si sarebbe certamente presentata l'occasione per conoscerci.
E così feci: il mattino seguente, di buon'ora, ero appostato presso la sua abitazione: una bella casetta recintata da un grazioso giardino poco fuori città, in una zona di campagna. Avevo noleggiato un'auto, parcheggiando in un posto che mi permetteva, senza essere notato, di controllare l'entrata dell'abitazione. Ero lì già da un'ora quando vidi uscire dalla casa una donna dai capelli neri e ricci e dalla figura slanciata. Mentre chiudeva il cancelletto dietro di lei sembrava guardarsi indietro con aria sospettosa ma in quel momento pensai fosse solo una mia un'impressione. La donna entrò in una vecchia Wolkswagen maggiolino di colore scuro parcheggiata proprio lì davanti e si diresse verso la città. La seguii immediatamente con la mia auto cercando di tenermi a debita distanza. Dopo alcuni chilometri il maggiolino svoltò in una strada che conduceva verso la zona industriale, entrando nel parcheggio di un mobilificio. La donna uscì dall'auto ed entrò nel grande stabile.
Guardai intorno: dall'altro lato della strada vi era un ristorante self service. Era probabile che gli impiegati dei mobilificio e delle altre aziende lì vicino vi si recassero per la pausa pranzo. Dovevo solo aspettare, per cui comprai un paio di quotidiani, ritornai in macchina e mi accinsi ad attendere impiegando il tempo nella lettura.
Era circa l'una del pomeriggio quando vidi i cancelli aprirsi e una frotta di persone uscire dirigendosi verso il luogo di ristoro. Tra loro vi era la donna che avevo seguito quella mattina. Uscii dall'auto, seguendola con discrezione. Mi sorpresi vedendo che si era seduta al tavolo da sola, senza unirsi ai colleghi. Il suo insolito

comportamento era favorevole ai miei intenti perché mi permetteva, seppur rischiosamente, di avvicinarla. Presi Il vassoio con il mio pranzo e dopo aver fatto finta di guardarmi intorno sedetti al suo tavolo, di fronte a lei. Le feci un sorriso di circostanza ma lei sembrò quasi infastidita dalla mia presenza.
Aveva degli splendidi occhi, incorniciati da un viso molto grazioso. Mi sembrava però molto corrucciata. Mangiava svogliatamente guardando fisso intorno a sé, immersa in chissà quali pensieri. Dopo una decina di minuti durante i quali, mentre mangiavo, la osservavo di sott'occhi mi decisi a giocare la mia carta:
"Scusi….è forse preoccupata per Luna?" le chiesi secco.
Lei alzò gli occhi su di me con una grossa espressione di sorpresa sul viso: "lei chi è? "
La guardai, sapevo che avrebbe potuto mandarmi via da un momento all'altro ma continuai:
"Sono Robert Dalton, alias Mr Rubini" – era il nome falso che avevo adottato – "l'uomo che le ha telefonato ieri per chiederle della sua amica, Luna."
Quasi sobbalzò sulla sedia; era evidentemente in difficoltà ma si sforzò di mantenere la calma mentre mi rispondeva, con un sorriso che nascondeva tutto il fastidio che provava in quel momento.
"Senta Mr Dalton o Rubini o come altro cavolo si chiama, le ho già detto al telefono che non ho nulla da dirle. Ora, o lei si allontana dal mio tavolo o sarò costretta a chiamare il personale del ristorante e magari anche la polizia." Mi aveva parlato senza alzare la voce e continuando a tenere stampato sul viso quell'espressione carica di disagio nei miei riguardi.
"Va bene, mi dispiace che la prenda così, non volevo importunarla, mi creda, ma lei in questo momento è l'unica persona che può dirmi della sorte di Luna e penso

che, nel caso sappia qualcosa, farà bene a parlare perché onestamente credo che la sua amica si sia messa in qualche situazione molto poco chiara e forse lei è in grado di impedirlo. Ci pensi, se vuole veramente bene a Luna. Buona giornata."

Mi alzai subito e mi diressi verso la porta del ristorante. Appena uscito notai che il cielo si stava pesantemente oscurando minacciando un grosso temporale. Non so perché ma pensai a Luna e un brivido mi percorse la schiena mentre mi stringevo nel soprabito. Stavo entrando in macchina quando udii dei passi affrettati dietro di me e una voce di donna:

"Aspetti! Per favore aspetti!"

Mi voltai. La donna mi si era avvicinata guardandosi intorno, furtiva:

"Entriamo in macchina" mi chiese.

Appena entrati lei chiuse lo sportello con la sicura.

"Non sono venuto a cercarla per crearle problemi. Quel che mi preme è la sorte di Luna. Quindi, se lei sa qualcosa, per favore, parli!" Nel pronunziare deciso quelle parole le porsi una copia della mail che Luna mi aveva inviato. Lei la lesse con calma, mentre gli occhi le si inumidivano. Mi guardò:

"Com'è che conosce Luna?"

Le raccontai tutto, di come avevo notato la sua amica alla conferenza, della nostra conversazione on line e dei tentativi che avevo fatto per rintracciarla dopo che lei mi aveva inviato quella strana e inquietante comunicazione, riuscendo a ottenere la lista dei partecipanti alla conferenza.

La donna mi guardò, sembrava spaventata:

"Non posso dirle niente Mr Dalton, la prego, non mi faccia altre domande. Ecco" – aggiunse mentre frugava nervosamente nella borsetta – "vada a questo indirizzo il

ventisette di questo mese. Lì potrà avere risposte alle sue domande. Per favore" – concluse con uno sguardo quasi implorante – "non mi cerchi più!"
"No!" le dissi mentre le impedivo di aprire la portiera dell'auto, "non posso aspettare altri giorni per sapere quello che devo sapere. Il tempo è ora. Quindi, per favore, se tiene alla sua amica farà bene a raccontarmi ogni cosa...adesso!"
Forse fu la fermezza dei miei modi a vincere le sue resistenze perché si calmò, come se qualcosa in lei, forse una tensione a lungo trattenuta, si fosse sciolta inducendola ad aprirsi.
"Lei sa cos'è il Baal di Peor?" mi disse guardandomi fisso negli occhi.
Quel nome non mi era nuovo, sapevo cos'era, o meglio, chi era Baal; un'antica divinità adorata dai Fenici.
"Si, certo che lo so ma scusi, cosa significa? Non capisco. Mi spieghi il senso delle sue parole, per favore."
La donna si guardò per un attimo intorno, come se temesse d'essere spiata, ma non vi era nessuno in quell'ampio viale nel quale avevo parcheggiato l'auto. Poi continuò: "io e Luna ci conosciamo da tempo. La vidi la prima volta ad un corso sulle tecniche di rebirthing qualche anno fa; in quell'occasione facemmo amicizia, un'amicizia non stretta perché Luna ha un carattere molto riservato ed è sempre stata molto gelosa della sua vita privata."
"Ok, continui" la incalzai.
"Bene, stavo vivendo un momento particolare della mia vita, avendo troncato una relazione molto intensa con un uomo sposato, dal quale però, l'avevo ormai compreso, non avrei continuato a ricevere altro che qualche promessa, momenti di piacere nascosto e mazzi di fiori. Le settimane successive alla fine di quella storia furono un

inferno per me, stavo malissimo e sentivo forte il bisogno di qualcuno che ascoltasse i miei sfoghi e non avevo voglia di parlare con le mie vecchie amiche, che mi avrebbero certamente rimproverata, avendomi più volte avvertita della situazione nella quale mi stavo ficcando. Io però volevo solo essere ascoltata, ecco. Così telefonai a Luna con una scusa e col tempo iniziammo a frequentarci. Lei fu molto buona e comprensiva con me, passavamo molto tempo insieme e man mano mi aiutò a uscire dalla depressione nella quale ero caduta dopo la fine di quel rapporto. Col tempo però compresi che lei era molto reticente sulla sua vita privata e quando, come si fa tra amiche, le chiedevo di sue eventuali storie d'amore, mi rispondeva in maniera molto evasiva. Capii comunque che il suo vissuto esistenziale era caratterizzato da due cose: l'abuso di alcol e bizzarre frequentazioni con persone con le quali condivideva morbose e strane esperienze erotiche, nel disperato tentativo di trovare l'uomo giusto, o meglio Colui che l'avrebbe portata, come diceva lei, a 'superare i limiti psico fisici' innalzandola – era questa la sua ambizione – ad alte vette di spiritualità. Avevo però capito che questo suo passare da un'avventura ad un'altra nascondeva una disperata richiesta di aiuto, di comprensione e di rapporti veri, intimi, profondi e per questo motivo le stetti vicino come poche persone avrebbero fatto; e questo non perché nutrissi per lei una semplice gratitudine bensì perché la ritenevo onesta e sincera. Ma poi accadde una cosa che purtroppo contribuì a separarci."

"Cosa?"

"Beh, un giorno, forse in un impeto di affetto nei miei riguardi, mi gettò le braccia al collo baciandomi...sulle labbra.

All'inizio rimasi quasi di sasso a quell'inaspettata

effusione ma dopo....beh, ci lasciammo andare e quella notte facemmo l'amore. Il risveglio però non fu bello per me; mi sentivo a disagio per aver ceduto alla situazione e avevo paura che quella storia assumesse connotati morbosi, che non sapevo dove mi avrebbero portata, per cui, dopo aver trascorso qualche altra notte insieme a lei, una mattina le dissi che non intendevo più continuare con quello stato di cose e le comunicai la mia decisione di troncare quel rapporto che per me stava diventando asfissiante. Ma le volevo comunque bene ed ero in apprensione per lei; a volte mi faceva male vederle addosso i segni fisici delle esperienze alle quali si abbandonava quando non eravamo insieme. All'inizio ci restò molto male; poi accettò la mia decisione ma rimanemmo in contatto, seppur sporadicamente, sentendoci al telefono di tanto in tanto.
Poco tempo dopo allacciai un'altra storia. Il mio nuovo lui, un ex seminarista deluso dalla Chiesa, per molto tempo era stato un alcolista fino a che non era entrato in contatto proprio con l'associazione di Willard. Stavamo bene insieme; era un uomo che mi dava l'impressione di aver acquistato il suo equilibrio e mi trasmetteva fiducia e positività nei riguardi della vita. Non lavorava, in quanto apparteneva a una famiglia benestante e i genitori, che erano morti anni prima in un incidente stradale, l'avevano lasciato in floride condizioni economiche. Amava collaborare attivamente con l'associazione di Willard, verso la quale nutriva un forte senso di gratitudine per essere stato aiutato ad uscire dalla spirale dell'alcol. Ogni tanto elargiva denaro alla New Era for the World - che a quel tempo aveva i suoi locali in un ex padiglione commerciale della fiera - sotto forma di modeste donazioni che col tempo, mi accorsi, diventarono sempre più frequenti e cospicue.

Avendo progettato di sposarci ero al corrente della situazione economica del mio nuovo compagno e iniziai a metterlo in guardia sul suo modo di fare, perché ero convinta che lentamente ma costantemente, stesse dilapidando il proprio patrimonio.
Col tempo però lui iniziò a sospettare che i miei avvertimenti e le mie esortazioni ad essere più cauto nascondessero da parte mia solo un interesse economico nei suoi riguardi finché questo suo sospetto portò a una rottura dei nostri rapporti. Nonostante lo scongiurassi di credere alla mia buona fede fu irremovibile e mi intimò di non cercarlo più. Sprofondai in un nuovo periodo buio; ero disgustata da tutto e dalla vita. Una mattina però fui svegliata da una telefonata. Era disperato, piangente, mi chiedeva aiuto, ma al telefono fu evasivo, quasi temesse di essere spiato. Lo amavo e nonostante m'avesse trattata male non volevo perderlo, perciò mi offrii di dargli tutto l'aiuto possibile e ci vedemmo da me quella sera stessa. Quando lo vidi sulla soglia di casa rimasi sbigottita; nel giro di poche settimane sembrava essere diventato un altro: aveva delle profonde occhiaie che gli segnavano il viso, i vestiti sporchi e puzzava di whisky.
Appena entrato in casa, con la bocca impastata d'alcol, iniziò a biascicare una storia strana, di persecuzione nei suoi riguardi da parte di individui sconosciuti, che lo seguivano e che lo avevano minacciato di morte. Lo aiutai a calmarsi e dopo avergli fatto fare un bagno caldo gli diedi dei vestiti puliti e lo feci riposare. Cadde in un sonno profondo e il mattino seguente si decise a dirmi quel che gli era successo."
Si fermò, guardandomi fisso.
"Lei mi deve promettere che non dirà nulla a nessuno di quello che sto per dirle, altrimenti io sono una donna morta Mr Dalton!"

Il suo sguardo si fece quasi implorante.
"Va bene, le prometto che quel che lei mi dirà rimarrà tra noi e non lo rivelerò a nessuno."
Avevo proferito quelle parole con enfasi ma in quel momento pensai che se avesse saputo che ero un giornalista si sarebbe ben guardata dall'aprire bocca.
La donna riprese il suo racconto, un racconto che, pensai, aveva dell'incredibile.
"Come le dicevo il mio compagno si decise a parlare. E mi raccontò una storia strana. Mi disse che un suo amico che risiedeva in Svizzera, dipendente di una banca elvetica, era venuto in Italia alcuni giorni prima per trascorrervi in vacanza con moglie e figli e ne aveva approfittato per salutare il mio compagno; così l'aveva invitato, una sera, presso l'albergo ove alloggiava. Quando si incontrarono il mio compagno notò che l'amico era molto preoccupato. Erano vecchi amici d'università e dopo qualche insistenza da parte del mio uomo il suo amico non ebbe difficoltà ad aprirsi e a raccontargli una storia di denaro illecito e fondi sporchi al cui centro si trovava un'associazione benefica che rispondeva al nome della società di Willard. Quando poi l'uomo seppe che il mio compagno finanziava Willard con laute elargizioni gli disse, per il suo bene, di tirarsene fuori e poi....poi gli raccontò dell'altro....."
Si fermò, guardandosi di nuovo intorno, sospettosa.
"Cosa c'è?" le chiesi.
"Adesso non posso continuare qui, mi dispiace, dovremo vederci in un altro posto, magari a casa mia; che ne dice di domenica sera?"
"Certo ma..." "Per favore, non dica altro se tiene alla nostra vita, le ho detto che ne riparleremo a casa mia domenica sera, diciamo alle sette, va bene?"
"Va bene, come vuole, ma cos'altro dovrei sapere? Mi

faccia almeno capire qualcosa" le dissi, non riuscendo a dominare la mia curiosità.
Mi guardò quasi indispettita per la mia insistenza, poi sbottò:
"Si tratta di qualcosa che lei non immagina nemmeno lontanamente e che gioca con la vita delle persone come fa un gatto coi topi! Ed ora, per favore, non insista e salutiamoci qui, ci vediamo a casa mia alle sette di domenica sera. Credo conosca l'indirizzo. Buona giornata."
Uscì velocemente dall'auto senza che potessi nemmeno replicare e la vidi raggiungere frettolosamente gli uffici dell'azienda. In quel momento cominciò a venire giù un forte acquazzone; misi in moto e mi diressi verso casa.
Quando, la sera del nostro appuntamento, mi fece entrare in casa sua notai che nell'appartamento erano accese soltanto un paio di luci. Ma non mi sorpresi; quella donna aveva paura e anche se non conoscevo ancora tutta la storia pensai che doveva avere le sue buone ragioni. Mi fece accomodare in un grazioso salottino che aveva i sofà accostati a una vetrata che affacciava direttamente sul giardino, in perfetto stile anglosassone. Ma i vetri erano ricoperti da una grande tenda e la donna, probabilmente per evitare che qualcuno ci potesse notare dall'esterno, spense tutte le luci. Guidandomi in quella semioscurità mi fece accomodare accanto alla finestra. Eravamo al riparo della tenda e nella penombra potevo vedere il suo viso, il viso di una persona seriamente preoccupata per la sua incolumità.
"Mi perdoni Mr Dalton ma sono sicura lei mi capirà"
"Non si preoccupi, comprendo benissimo il suo stato d'animo e me ne dispiace molto. Un motivo in più da parte mia quindi per conoscere la storia che ha da raccontarmi."

"La ringrazio. Le dirò tutto quel che so. Volevo solo sapere se entrando nel vialetto di casa mia ha notato qualcuno all'esterno, che la osservava."
La domanda, in quell'atmosfera, non mi sorprese.
"No, nessuno, del resto vista la temperatura e il tempaccio che ha fatto anche oggi non credo sia la serata adatta per passeggiare di sera all'aperto" le risposi con un sorriso, che purtroppo non stemperò la tensione della mia interlocutrice.
"Già. Ma veniamo al motivo della sua visita."
Così, davanti a un paio di drink, mi raccontò quel che sapeva:
"Come le ho detto, il mio compagno era terrorizzato. Mi disse che il suo amico, dopo avergli raccontato tutto quello che sapeva, gli aveva consegnato una piccola memoria elettronica piena zeppa di dati, numeri di telefono e resoconti su crimini attribuibili ad una grossa organizzazione occulta, a carattere internazionale, cui faceva riferimento la stessa associazione di Willard. Ma in verità non era questo che sembrava spaventarlo, quanto altre cose che erano in quella memoria elettronica. L'amico gliel'aveva affidata poiché essendo venuto a conoscenza di molti fatti criminosi all'interno del gruppo di potere occulto nel quale era finito e avendo espresso l'intenzione di denunziare tutto alla polizia elvetica era stato minacciato di morte; così sperava che mettendo quelle informazioni nelle mani di una persona fidata sarebbe stato al sicuro, garantendosi la sua salvezza e quella dei suoi cari."
"Ma perché affidare quelle informazioni al suo compagno, quando avrebbe tranquillamente potuto secretarle in qualche cassetta di sicurezza o consegnarle direttamente a qualche funzionario dell'InterPol?"
"Mr Dalton, hanno i loro uomini ovunque, soprattutto

nelle istituzioni, sarebbero venuti immediatamente in possesso di quelle informazioni."
"Ma chi sono quelli di cui parla?"
"Si fanno chiamare *'I discendenti di Baal'*, il Baal di Peor di cui parla la Bibbia. Affermano d'essere filiazione dei *Nephilim*, i figli degli angeli ribelli, nati dal'unione innaturale tra gli angeli caduti e le donne della terra, una unione contro natura di cui si parla nel *libro di Enoch*. Sostengono inoltre che i Nephilim, contrariamente a quanto si crede, avessero avuto anch'essi una loro discendenza e che questa sia sopravvissuta sino ai giorni nostri perpetuandosi attraverso la linea di sangue di alcune grandi famiglie della terra."
In quel momento, prima di parlare, non riuscii a trattenere un sorriso, che sembrò irritare la mia ospite.
"Credo che bisogna essere del tutto matti per credere a queste cose. Del resto, se lei vi riflette bene, ci sono decine di organizzazioni a carattere esoterico che vantano ascendenze antiche; chi egizie, chi indoiraniche, e alcune tra esse affermano di essere in possesso di conoscenze tramandate da alieni. Si rende conto dell'assurdità di tutto ciò? Comunque sia, lei mi sembra molto impaurita da questa storia. E mi ha detto che anche il suo compagno lo era. A proposito: cos'è successo poi?"
La donna mi guardò con aria grave prima di rispondermi.
"E' successo che l'amico del mio compagno perì in un incidente stradale insieme alla moglie e ai figli, in Svizzera, una decina di giorni dopo, proprio di ritorno dalla vacanza che aveva fatto in Italia.
Le indagini della polizia stradale rilevarono che l'auto sulla quale viaggiava insieme ai suoi aveva sbandato improvvisamente andando a schiantarsi contro un autotreno proveniente dalla direzione opposta. I risultati dei rilievi tecnici e dell'autopsia non furono comunicati

mai ufficialmente. Si vociferò però di un malfunzionamento dell'auto. Fatto è che poco prima di oltrepassare il confine questi s'era fermato in una stazione di servizio per telefonare al mio compagno, dicendogli che da un po' si sentiva seguito e raccomandandogli di stare attento."

"E dov'è adesso il suo compagno, se non sono indiscreto?"

Lei si asciugò le lacrime.

"Un paio di settimane dopo il nostro incontro a casa mia trovarono il suo corpo in un canale, in un'area dove una volta venivano scaricati i rifiuti in maniera illegale. Gli accertamenti evidenziarono un colpo di pistola alla tempia destra. Dissero che si era suicidato e che lo avevano trovato imbottito di psicofarmaci. Mi fecero un sacco di domande ma io non dissi nulla delle rivelazioni che mi aveva fatto. Del resto ero distrutta dal dolore e poi avevo molta paura. So anche che perquisirono il suo appartamento nell'intento di scovare qualche indizio, un movente che potesse giustificare la sua morte, ma non trovarono nulla, nemmeno l'arma. L'inchiesta ipotizzò un suicidio causato da una forte depressione. Ma io personalmente non vi ho mai creduto."

"E perché? Lei stessa mi ha detto che era depresso e terrorizzato quando la cercò."

Si, è vero, ma se avesse voluto farla finita, se gli fosse passata una cosa così terribile per la mente me ne sarei accorta; lo conoscevo troppo bene, era persino prevedibile ormai in certi suoi comportamenti. Personalmente credo sia stato ucciso."

"Scusi, ma come fa ad esserne così sicura?"

"Perché il mio compagno era mancino Mr Dalton,; aveva un problema al braccio destro, che non alzava quasi mai; una sorta di semiparesi da cui era affetto sin da ragazzino,

ma questa è una cosa che chi indagò sulla sua morte non prese in considerazione e l'esame balistico del coroner dimostrò che il colpo era stato sparato tenendo in mano la pistola con la mano destra. Io però sapevo la verità ma non dissi nulla, per non espormi e fare la sua stessa fine. Del resto non sarebbe certamente servito a nulla. Per cui, anche se avevo giurato a me stessa che l'avrei vendicato preferii starmene nell'ombra, nella speranza di riuscire a scovare prima o poi quella maledetta memoria che, sono sicura, chi l'ha ucciso non è riuscito a trovare."
"Come fa a dire questo?"
L'espressione della donna era amara mentre mi rispondeva:
"Dopo che la polizia aveva perquisito l'appartamento, apponendo poi i sigilli all'abitazione, qualcuno li forzò, mettendo tutto a soqquadro."
"Eleonora, lei sapeva che Luna voleva entrare a far parte della New Era?"
"Si, lo sapevo" mi rispose mestamente.
"E' stata Luna ad informarla della cosa?"
"Si Mr Dalton, recentemente lei aveva ripreso i rapporti con me ma ci sentivamo solo al telefono e quando, poco tempo fa, mi ha detto che era sua intenzione aderire alla New Era ho cercato con mille scuse di dissuaderla ma non le ho potuto dire del mio compagno perché avevo molta paura e temevo che rivelandole tutto avrei aggravato la situazione, mia e sua. Lei non conosce bene Luna; è testarda e se le avessi parlato sarebbe stata capace di indagare per conto suo sulla cosa e senza nemmeno dirmi nulla. Ma mi creda, ho fatto di tutto per scoraggiare questa sua decisione" ribadì tra le lacrime.
"Mi dica: come posso rintracciarla?" le chiesi.
"Gliel'ho detto; vada alla prossima conferenza dell'associazione di Willard, il ventisette di questo mese.

Si finga bisognoso d'aiuto, magari di voler riacquistare equilibrio. Tiri fuori qualche soldo e faccia capire che è interessato a frequentare il centro. Se dovesse essere introdotto in quell'ambiente e Luna sarà ancora lì lei avrà fatto metà dell'opera. A quel punto dovrà solo capire come tirarla fuori. In ogni caso, mi perdoni, io e lei non ci conosciamo e i nostri contatti finiscono qui, questa sera."
La ringraziai per la fiducia che mi aveva dato e dopo essermi trattenuto qualche altro minuto andai via. Sulla soglia del vialetto che dalla strada portava alla sua casa mi girai e guardai l'edificio immerso nel buio. Mi chiesi quanto di vero ci fosse in quello che mi aveva raccontato e quanto poteva essere frutto della sua immaginazione o delle sue paure.
Quella sera dormii poco e male e il mattino dopo mi alzai presto. La notte aveva generato nei miei sogni i fantasmi dei *'figli degli Dei'* , gli antichi Nephilim. Mi misi al pc e consultai la posta: nulla, nessuna nuova mail da parte di Luna. Non potevo fare altro che aspettare il ventisette. Nel frattempo buttai giù un articolo sulle attività di aiuto sociale alle piccole comunità in disagio socio economico in Italia, così avrei calmato il mio direttore a Londra. Terminato di lavorare mi venne un gran sonno e finii per addormentarmi davanti al computer. Mi svegliai che era ormai giorno inoltrato. Dopo essermi preparato un caffè forte feci una doccia e mi rimisi al pc.
Consultando le notizie delle agenzie ne lessi una che mi lasciò senza parole. Diceva che nelle prime ore del mattino era stato trovato il cadavere di una donna sui binari della linea ferroviaria dell'area industriale. I primi accertamenti, secondo la polizia, avvertita da alcuni operai delle ferrovie che erano passati di li per eseguire lavori di riparazione a uno scambio e che avevano trovato il corpo in una pozza di sangue, facevano sospettare un suicidio

ma nessun macchinista dei treni merci che erano passati in quella zona durante le ore notturne aveva segnalato la presenza del corpo sulle rotaie né era arrivata notizia di qualche persona che fosse stata investita. Le indagini erano a tutto campo e si aspettavano gli esiti dell'autopsia. L'articolo si chiudeva con una foto della donna morta; vi riconobbi il volto di Eleonora Piccioni.

Cap.III

Ero sconvolto. Mi chiesi cosa poteva essere successo.
Di colpo il suo incredibile racconto assunse per me un'importanza diversa. Guardai una mappa del luogo dov'era stato ritrovato il cadavere e notai subito che si trovava a una notevole distanza dalla sua casa. Benché fosse molto impaurita non mi era affatto sembrato che Eleonora nutrisse propositi suicidi, quindi qualcuno doveva aver fatto irruzione nell'abitazione, l'aveva presa, portata sui binari della ferrovia e uccisa oppure ciò era stato fatto prima, nell'abitazione, portando poi via il suo corpo e facendo sembrare il tutto come un suicidio. Se le cose erano andate così allora sapevano anche di me? La paura di quella donna di essere spiata era quindi confermata. Probabilmente coloro che lei temeva la stavano tenendo d'occhio da tempo e il nostro incontro doveva aver fatto precipitare le cose. Perciò questo poteva significare che ero anch'io spiato....
Con questa nuova consapevolezza decisi il da farsi. Non potevo desistere certo dal cercare Luna e non potevo nemmeno rischiare la sua vita parlando con la polizia. Sapevo benissimo che l'apertura di un'inchiesta non avrebbe portato a nulla se non a mettere ulteriormente in pericolo la mia vita a causa del mio incontro con la Piccioni. Pensai che l'unica cosa da fare fosse andare alla conferenza che si sarebbe svolta la settimana successiva. Così passai i giorni rimanenti cercando di fare le cose che facevo normalmente, anche se dentro di me la preoccupazione e la tensione per la sorte di Luna e per la mia incolumità aumentavano.
La sera della conferenza fui tra i primi a presentarmi

presso il settore stampa, all'Hotel Giordano Bruno. Tra i colleghi notai un notevole interesse per le attività di Willard anche se qualcuno aveva accennato ai problemi che stava avendo con la giustizia britannica. Il pubblico era numeroso e attento e lui fece il suo solito intervento condito da una certa dose di dati sui successi del metodo New Era. Illustrò poi le attività del centro italiano, di recente apertura, nato sullo stesso modello di quello inglese, che lui stesso, con l'aiuto del maestro spirituale che sovrintendeva all'intera organizzazione, aveva aperto anni prima alla periferia di Londra. Il neonato centro italiano aveva già riscosso un notevole interesse con la pratica delle discipline olistiche e con tutta una serie di metodologie che, anche se considerate un po' strane da qualche commentatore, promettevano una vita diversa, lontana dalle preoccupazioni della società e del quotidiano, aprendo la mente e soprattutto lo spirito del praticante a nuovi livelli di autoconsapevolezza, aiutandolo a liberarsi definitivamente da qualsiasi forma di dipendenza psicofisica.
Mi mostrai molto interessato alle tematiche trattate e posi anch'io una domanda al conferenziere. Si aprì un breve dibattito tra me e lui, nel corso del quale elogiai apertamente le metodologie dell'associazione, cosa che impresse un'espressione di profonda soddisfazione sul viso di quel pallone gonfiato. Dopo la conferenza fui avvicinato da una coppia di persone, marito e moglie, che mi sembrarono molto avanti negli anni. Nell'abbigliamento, piuttosto sobrio, mi diedero l'impressione di predicatori evangelici. Pensai fossero gli stessi ai quali aveva accennato Luna nella sua mail.
"Permette Mr Dalton?" esordì l'uomo, con un sorriso cordiale, "mi presento, sono Tiziano Rangoni e la signora è mia moglie Ruth. Svolgiamo attività di volontariato per

la New Era for the World e volevamo ringraziarla di cuore per il contributo che ha voluto dare elogiando in pubblico i meriti dell'azione della nostra istituzione nell'aiutare chi è vittima delle dipendenze." Ebbi l'impressione che il mio interlocutore avesse proferito quelle parole con una meccanicità quasi mnemonica, priva di enfasi. Risposi con un sorriso e con una frase di circostanza e cominciammo a chiacchierare cordialmente. Nel corso della conversazione, con finta discrezione feci accenno a miei personali disagi che mi avevano spinto a seguire più da vicino le attività della New Era con un interesse che andava ben oltre la mia attività professionale di giornalista. Vidi lo sguardo dell'uomo illuminarsi, mentre mi dava un bigliettino da visita dell'associazione, consigliandomi di mettermi in contatto con Master Walter, colui che era il responsabile delle attività formative delle due sedi della New Era, quella inglese, la casa madre, e quella italiana, diretta dallo stesso Willard. Mentre si accomiatavano da me la moglie dell'uomo, ostentando un sorriso che mostrò una dentiera nuova di zecca, mi rivolse un ultimo invito: "telefoni a quel numero Mr Dalton, e prenda un appuntamento. Non se ne pentirà!"
Così il mattino successivo contattai il centro; mi rispose una segretaria che con voce affettata e gentile mi fece subito parlare con Master Walter. Dall'altro capo del telefono udii una voce maschile calda e suadente:
"Buongiorno, con chi ho il piacere di parlare?"
"Buongiorno, mi chiamo Robert Dalton e la chiamo poiché ieri sono stato alla conferenza tenuta dal dottor Willard presso l'hotel Giordano Bruno a Firenze. Vede, scambiando alcune opinioni con una coppia di coniugi che erano lì a rappresentare l'associazione ho detto loro che desideravo sapere di più sulle metodologie di

approccio alle problematiche della dipendenza proposte dalla New Era e così mi hanno dato il suo numero."
"Lei ha conosiuto i simpatici coniugi Rangoni, vedo. Bene Mr Dalton, mi fa piacere che una volta ancora le nostre proposte alternative per il benessere e in favore dell'adozione di nuovi approcci alla vita riscuotano interesse. Ma di questo, se vuole, potremo parlarne da vicino presso il nostro centro. Ora purtroppo la devo salutare perché ho impegni urgenti ma le ripasso la mia segretaria con la quale potrà stabilire un appuntamento e venire a farci visita. Saremo lieti, in quell'occasione, di averla nostro ospite, così da mostrarle direttamente le nostre attività. Intanto le auguro una buona giornata."
Tre giorni dopo ero davanti a Master Walter, nel suo ufficio nella sede italiana della New Era for the World.
Un uomo di grossa statura, intonacato in un'ampia veste bianca, che mi ricordò quella dei sacerdoti celti, con una folta barba grigia e un'espressione amichevole e serena stava di fronte a me mentre conversavamo dei motivi che mi avevano spinto a mettermi in contatto con lui. Cercai di essere quanto più convincente. Gli parlai dei miei problemi con l'alcool e lui, quasi fosse un'analista, mi chiese della mia infanzia, invitandomi ad aprirmi e aggiungendo che in quel luogo ero tra amici che avrebbero preso a cuore le mie problematiche e che quindi potevo fidarmi ciecamente di loro. Finsi un paio di traumi adolescenziali, conditi da storie di violenza tra i miei genitori e inventandomi una vicenda di abbandono della famiglia da parte di mio padre. Il mio interlocutore mi ascoltò con aria quasi paterna; non so dire realmente se fingesse ma alla fine mi chiese se volevo realmente dare una svolta alla mia vita. Alla mia risposta, affermativa, mi invitò ad aggregarmi al centro per trascorrervi un periodo di tempo durante il quale mi sarei

'disintossicato dal mondo', secondo le testuali parole che usò. Mi mostrai entusiasta di ciò e alla mia reazione l'uomo mi chiese se intanto ero disposto a fare una donazione, 'secondo la disposizione interiore', del mio spirito. Dissi di si ed egli, con un'inequivocabile luccichio nello sguardo, mi dirottò immediatamente alla sua segretaria che avrebbe 'raccolto l'offerta' e mi avrebbe edotto sulle formalità da adempiere per entrare a far parte della comunità della New Era for the World. Poi, nel salutarmi, mi strinse forte la mano congedandosi con una frase di rito:
"Mio caro Robert, lei sta per entrare in una nuova dimensione, che le cambierà la vita, avvicinandola ai misteri dell'Essere e dell'Universo e nella quale ritroverà sé stesso e il suo Io perduto nelle vicissitudini dell'esistenza terrena. Che il nostro padre, l'Universo, sia con lei!"
E così, l'indomani telefonai al mio capo a Londra, presso la direzione del giornale, dicendogli che per un po' di tempo non mi sarei fatto sentire perché, seguendo le attività dell'associazione di Willard, mi ero imbattuto in qualcosa di grosso e forse illegale e che alla fine dell'inchiesta gli avrei inviato un articolo da scoop. Mi ci volle un bel po' per convincerlo della cosa ma era un buon diavolo e mi voleva bene, per cui, decise di darmi credito e aspettare sino a quando mi sarei messo di nuovo in contatto con lui. Quindi mi accinsi ad avventurarmi nell'impresa che non solo avrebbe dovuto portarmi a scovare Luna ma anche a fare luce – almeno speravo – su tutto ciò di cui m'aveva parlato la povera Eleonora. Mi dissi che non era il caso di domandarsi se coloro che l'avevano uccisa sapevano di me – poiché ero certo che la sua morte non era stata un incidente – e che bisognava condurre quell'indagine sino in fondo e così, dopo aver

staccato un cospicuo assegno, che contribuì ad assottigliare ulteriormente il mio già magro conto bancario, finii nell'alloggio che mi era stato assegnato presso il centro italiano della New Era for the World. Nel raggiungere la struttura ero rimasto confuso anch'io, così com'era accaduto a Luna, dall'intrico di innumerevoli strade che il taxi inviato dal centro aveva percorso nel portarmi a destinazione. E appena arrivato, così com'era stato per lei, mi era stata assegnata una camera piuttosto spartana nell'arredamento, anche se dotata di un solo letto, in un edificio riservato ai soli ospiti maschi. Ebbi il sospetto che la cifra che avevo scritto sull'assegno avesse indotto Master Walter o lo stesso Willard a darmi un piccolo privilegio, assegnandomi una camera singola. L'unica comodità che avevo era il bagno in camera. Prima di addormentarmi, quella sera, lessi le regole riservate agli ospiti maschi che abitavano la struttura e notai che erano simili a quelle riservate alle ospiti di sesso femminile. Ma, con enorme piacere, seppi che il pasto era comune. Ciò mi avrebbe permesso di vedere Luna!

Il mattino dopo durante il mio primo impatto con la vita della comunità, fui seguito direttamente da Master Walter, che sembrava volesse occuparsi di persona di me. Fu molto cordiale, facemmo colazione insieme e parlammo di varie cose. Durante la conversazione mi disse che poiché ero entrato in quel luogo per "reimparare a vivere la vita vera", come affermò con enfasi, dovevo lasciare temporaneamente il mio nome del 'vecchio mondo'; scelse per me un nome: fratello 'Geronimo'; poi mi presentò il coach, colui che mi avrebbe seguito. Questi, fratello 'Antor', era un uomo dall'aspetto avanzato negli anni, che somigliava nei tratti fisici e nel vestire più ad un monaco tibetano che a un occidentale. Fu anch'egli molto cordiale con me e insieme a Master Walter cominciò ad istruirmi praticamente sulle regole di quel luogo, per me così nuovo. Mentre ascoltavo le parole dei due uomini vi era un pensiero che non mi abbandonava: come avrei resistito alla mancanza di alcool? In occasione del mio primo pasto avevo ingurgitato un miscuglio di erbe dal sapore orribile e mentre facevo fatica a buttarlo giù Master Walter me ne decantava le virtù terapeutiche, disintossicanti e riequilibranti, diceva, "i flussi energetici vitali." Sapevo che avrei fatto un'enorme fatica ad abituarmi ad orari da caserma e pasti da asceta ma se volevo ristabilire i contatti con Luna dovevo adattarmi all'habitat di quel posto. Intanto in me l'aspettativa di vederla aumentava e quando venne l'ora del pranzo fui accompagnato dal coach nella grande sala mensa che si trovava in un caseggiato posto tra i due fabbricati, quello riservato alle femmine e quello per i maschi. Mentre entravo nella sala mensa notai un altro ingresso, che apriva su un'altra grande stanza che compresi chiaramente essere adibita alle riunioni di carattere generale. Mi trovai quindi in compagnia di una trentina di ospiti maschi, che sedevano insieme ai loro coach allo stesso tavolo. Ogni coach seguiva una decina di uomini e lo stesso valeva per le donne. Mi fu detto che Master Walter alternava la presenza ai tavoli, pranzando un giorno con gli uomini, il giorno seguente con le donne. Quel giorno egli si sedette al tavolo degli uomini ed io gli fui fatto sedere accanto. Egli, sorridendo, mi presentò col nuovo nome che mi era stato dato. I presenti mi salutarono cordialmente con un sorriso e un cenno del capo. Il pranzo iniziò con la benedizione del cibo, fatta dal Maestro. Essa consisteva nella recitazione di una preghiera di ringraziamento rivolta all'Universo come fonte della materia vivente e nell'imposizione delle mani sulle vivande. Qualcuno, accanto a me, mi disse che tale gesto aveva lo scopo di rendere quel cibo, frutto dei processi naturali, utile non solo a sostentare il corpo fisico bensì anche a nutrire gli *elementi spirituali sottili* dei quali era composto il nostro spirito vitale; e ciò poteva essere possibile solo con l'intervento dell'energia fluidificante del Maestro, anello portante della *Catena delle Energie Psichiche* riunite intorno al tavolo. Indi iniziammo con una sciapita minestra di legumi e pane nero, alla quale seguì un piatto di verdure lesse. Durante il pranzo era proibito parlare e si doveva prestare grande attenzione alla masticazione del cibo. Mentre, quasi a testa china, mangiavo, sentivo addosso a me gli sguardi furtivi degli altri commensali, che mi studiavano con discrezione. Intanto, di tanto in tanto, guardavo il tavolo delle donne, che era accanto a noi e che non era ancora stato occupato, sino a che, una decina di minuti più tardi, in maniera molto ordinata e silenziosa, un gruppo di una ventina di donne entrò nella sala. A quel punto Master Walter si alzò, le salutò con un cenno del capo ed esse ricambiarono il suo saluto nello stesso modo. Poi egli benedì anche il loro cibo e ritornò al nostro tavolo e il pasto, come in un rituale, continuò. Il tavolo delle nuove venute era già pronto con tutte le vivande da consumare e le coach donne, così com'era avvenuto al nostro tavolo, servirono le ospiti versando nelle loro scodelle il cibo. Tutti noi, uomini e donne, indossavamo un'ampia veste bianca, molto simile, nel taglio, a un kimono. Faceva eccezione Master Walter, che indossava un abito, anch'esso a forma di kimono, diverso da quello bianco e quasi sacerdotale, col quale mi aveva accolto nel corso della mia prima visita al centro, ma di colore nero. Coloro che fungevano da coach, pur indossando lo stesso tipo di abito, avevano una fascia di raso stretta intorno al braccio destro, nera per gli uomini, rossa per le donne. Compresi che variare di alcuni minuti

l'orario del pasto, tra noi e le donne, aveva lo scopo di non darci la possibilità di parlare con loro dopo il pranzo. Mentre sbirciavo furtivamente l'altro tavolo fui quasi raggelato nel notare una piccola donna dai capelli rossi, a caschetto. Era Luna, l'avevo finalmente trovata! Sapevo che lei non mi avrebbe riconosciuto poiché alla conferenza, quando mi era passata davanti per andare a sedersi, non aveva guardato verso il settore dov'ero io. Avrei dovuto quindi agire per farle sapere che ero lì. Assorto in questo pensiero mi voltai un attimo e il mio sguardo cadde su Master Walter; guardava insistentemente in direzione di Luna. Non mi ci volle molto per comprendere che tipo di sguardo fosse...
Luna non guardava verso il nostro tavolo, ma quando noi finimmo di pranzare e ci alzammo lei guardò Master Walter. Mentre rientravamo nelle nostre camere, nell'uscire vidi Master Walter avvicinarsi al tavolo delle donne ponendosi dietro la sedia di Luna e scambiando qualche parola con le coach presenti mentre lei continuava a guardarlo, con un sorriso che non sembrò di circostanza.
In quel momento dovetti, mio malgrado, rendermi conto che nel tempo intercorso tra la mail di Luna e il mio ingresso in quella struttura era successo qualcosa. Evidentemente il carisma di quell'uomo l'aveva completamente conquistata. Ad ogni modo dovevo avvicinarla, farla riflettere su ciò che stava facendo realmente e sulle implicazioni che questo avrebbe avuto sulla sua vita; ma questo non era un problema semplice da risolvere, poiché la separazione tra uomini e donne all'interno della struttura era rigidamente controllata. La spiegazione che veniva data riguardo a questa scelta era che la vicinanza di persone di sesso opposto avrebbe potuto recare disturbo alla meditazione interiore e alla

concentrazione del singolo sugli aspetti spirituali che venivano coltivati e incoraggiati costantemente dai coach e dallo stesso programma; bisognava, in sintesi, non solo abbandonare tutte le preoccupazioni di ordine materiale bensì anche le eventuali 'distrazioni' che si potevano incontrare lungo il proprio percorso di crescita personale e di cambiamento, perché proprio di questo si trattava: di cambiare radicalmente il proprio vissuto attraverso un percorso iniziatico, per rinascere uomini e donne rinnovati nella mente e nella personalità, forti e immuni di fronte alle debolezze umane incarnate soprattutto dai vizi e dalle dipendenze. Ma soprattutto ubbidienti alla 'voce interiore', che durante *la rinascita dell'Io*, come veniva chiamato il percorso intrapreso dall'adepto, era veicolata dalle istruzioni del coach e, in ultima istanza, dalla figura paterna e onnipresente del Maestro. A parte questi riferimenti sistematici non vi erano altri elementi di riferimento. Potei presto comprendere che il fulcro della filosofia di vita praticata all'interno del centro era una sorta di paganesimo laico e di deismo del proprio sé personale, nel quale tutti i riferimenti a un Essere soprannaturale esteriore erano eliminati in nome del proprio dio o *coscienza interiore* che, nella condizione di adepto, era un bambino che doveva crescere, sino a trasformarsi in un Essere Perfetto. I richiami al *Padre Universo* erano di natura generica. Ma sostanzialmente mi resi conto che la fine dell'addestramento avrebbe certo portato alla *riprogrammazione individuale* per mezzo degli esercizi di meditazione e delle tecniche di straniamento dalla realtà corporale nella quale lo spirito vitale era imprigionato sin dalla nascita. Eppure, nonostante le critiche che avrei certo potuto muovere a un simile approccio, diretto dall'esterno dal Maestro e dallo staff del centro, ero affascinato dagli effetti che un simile

programma sembrava avere nei riguardi degli adepti, sia maschi che femmine. Alcuni poi evidenziavano progressi evidenti nella trasformazione della loro personalità e dopo un po' di tempo anche io fui tra questi. All'inizio trascorsi momenti difficili, poiché l'astinenza dall'alcool si fece sentire. Il coach assegnatomi però, con discrezione, mi fu vicino ed esercitò su di me un influsso positivo. Non altrettanto positivo fu l'effetto sul mio conto in banca poiché dovetti staccare un altro paio di assegni....
Nel frattempo Luna si era accorta dei miei sguardi e dell'attenzione furtiva che le riservavo in occasione della pausa pranzo comune ma sembrava totalmente presa dal Maestro. Questa situazione però cambiò all'improvviso poiché Master Walter, come ci fu comunicato, fu richiamato in Inghilterra per alcune questioni interne e Willard, che in tutto quel tempo non avevo visto perché dopo l'ultimo incontro avuto con i giornalisti era ritornato a Londra per occuparsi della direzione del centro inglese, fu spedito di nuovo in Italia a presiedere le attività. Avendo acquisito col tempo il permesso di muovermi liberamente nella struttura, studiai con attenzione le disposizioni dei diversi elementi e dei locali e fabbricati che la componevano e così una sera decisi di rischiare ad avventurarmi nella sezione femminile, dal lato opposto del centro, cosa che non avrei potuto fare e che avrebbe comportato l'abbandonare il mio padiglione in un orario nel quale tutti, obbligatoriamente, dovevamo essere nelle nostre camere.
Tra i due fabbricati correva un alto muro che intersecava le sale di ritrovo collettivo poste al centro del campo e che continuava poi dall'altro lato, sino a dividerlo fisicamente in due, passando in mezzo ai terreni coltivati. Il muro, da una parte e dall'altra, di notte era sorvegliato da alcuni coach. Sapevo che correvo dei grossi rischi ma

mi avventurai comunque fuori della mia camera. In alcuni punti erano poste delle videocamere di sorveglianza, 'per la sicurezza degli ospiti', era stato comunicato, ma io sapevo che erano lì per controllarci e per scongiurare eventuali tentazioni notturne. Evitando accuratamente di trovarmi sotto l'obbiettivo delle videocamere sgattaiolai fuori dal fabbricato della sezione maschile e avanzando carponi nell'oscurità mi avvicinai al muro divisorio. Non sapevo come l'avrei fatto ma ero deciso a scalarlo quando all'improvviso, la mia attenzione fu attratta dalle voci di una conversazione piuttosto animata che avveniva da qualche parte intorno a me. Così mi avvicinai, sempre carponi, ad una grossa siepe che era nei pressi del muro e riuscii ad ascoltare qualcosa. Una era sicuramente la voce di Willard, l'avevo sentita decine di volte e la riconobbi subito; l'altra era quella di una donna. Alzai la testa e, poco lontano da me, alla luce di un faretto, riconobbi il viso di Luna, imbacuccato in un grosso cappuccio che sormontava un lungo vestito scuro. La discussione continuava a svolgersi in maniera piuttosto animata e da quel che potei carpire mi sembrò che Luna stesse controbattendo con forza qualcosa che Willard le stava dicendo. Era evidente che i coach di guardia sapevano della presenza in quel luogo di Willard e della sua ospite poiché i due non avevano certo potuto passare inosservati. Stando sempre attento a non farmi vedere da nessuno, strisciando nell'erba alta mi avvicinai di più. Ad un certo punto vidi Willard che si avventava sull'esile figura di Luna e dalla reazione di quest'ultima capii che quell'idiota aveva tentato di baciarla, senza successo. Ma questi non si diede per vinto, tentando di nuovo di abbracciarla. Mentre lei si divincolava protestando mi alzai di scatto e corsi verso di loro. Senza pensarci ulteriormente e prima che Willard si avvedesse di me gli

assestai un violento colpo alla nuca che lo fece cadere a terra, svenuto. Luna, sorpresa dall'accaduto mi guardava senza dire nulla. La afferrai per le braccia: "Sono Robert Luna! Vieni, dobbiamo andare via!" Così dicendo e prima che potesse replicare la spinsi davanti a me e correndo quasi carponi ci rifugiammo dietro la siepe che mie era servita da nascondiglio poco prima. Lei continuava a guardami, quasi incredula della mia presenza in quel luogo: "Ma...Robert...sei proprio tu?" mi chiese passandomi una mano su una guancia. Le sorrisi cercando di rincuorarla: "Certo che sono io e adesso dobbiamo uscire da qui, insieme!"
A quelle parole la sua espressione mutò immediatamente: "No....non voglio e....poi non possiamo adesso, sarebbe impossibile e ci scoprirebbero subito e poi vedi...io tengo al Maestro e non voglio deluderlo!"
Quella frase mi gelò, come se qualcuno m'avesse versato un secchio d'acqua fredda in pieno viso. L'afferrai tirandola a me: "Dimmi, cosa vuoi fare? Vuoi restare qui? E come potremo spiegare quello che ho fatto a quello la?" le chiesi guardando per un attimo il corpo di quell'idiota che avevo spedito a dormire'.
"Non ti preoccupare per questo. Quando sarà sveglio e mi verrà a cercare dirò che ho un amico che mi protegge e che è venuto in mio soccorso e lo minaccerò di rivelare al Maestro quel che ha tentato di fare stasera se mi chiederà chi è che mi aiutata. Per il resto stai tranquillo, la smetterà. Willard è un pavido e ha timore di Master Walter. Sa che costui è in contatto con le *Entità Supreme* e teme di inimicarsele."
"Entità Supreme? Dio, Luna, ma che dici? Chi sono costoro?"
Le mi guardò con apprensione.
"Non è il momento per spiegarti queste cose Robert.

Posso dirti solo questo: migliora il tuo impegno e la volontà di apprendere in questa nuova dimensione esistenziale nella quale ti trovi e vedrai che il Maestro ti premierà e ti metterà a conoscenza di segreti che qui pochissimi conoscono. Willard si sta svegliando dal colpo che gli hai dato, vai! So come cavarmela e poi ora è tutto diverso, tu sei qui, vai!"

Guardai per un attimo Willard, che era ancora a terra, ma si muoveva e mi decisi a ritornare in fretta nella mia camera. Voltandomi per un momento vidi Luna che con un cenno della mano mi salutava.

Nei giorni successivi, in occasione della pausa pranzo, notai un notevole malumore in Willard, che si sforzava di sorridere e di adempiere i suoi compiti rituali verso il pasto. Ma ci studiava furtivamente e io sapevo che stava cercando di capire chi era colui che era intervenuto in aiuto di Luna. Anche lei sembrava di cattivo umore e mi guardava, di tanto in tanto. Era evidente che quell'idiota non aveva smesso con le sue avances nei suoi riguardi.

Una sera, rientrato in camera, rimasi a lungo a riflettere sulla situazione prima di addormentarmi. Potevo fare ben poco. Del resto non sapevo se qualcuno mi aveva seguito dopo la mia visita alla Piccioni in casa sua né se avessero preso il numero di targa dell'auto che avevo noleggiato. Mi ero comunque imbarcato in qualcosa che avrebbe potuto rivelarsi molto pericolosa se quanto mi aveva detto Eleonora corrispondeva al vero e se non avessi gestito bene la mia condizione. Ma se era tutto vero ciò che mi era stato raccontato, se l'organizzazione di Master Walter e di Willard era veramente una branchia di qualcosa di più grosso e se chi aveva ucciso la Piccioni sapeva di me perché non mi aveva fatto eliminare subito? Forse volevano spremermi un po' economicamente per poi farmi fuori in un secondo momento? O forse mi

avevano visto uscire dalla casa della donna senza riuscire a identificarmi? E comunque quella strana storia che lei m'aveva raccontato non mi convinceva pienamente e non ero incline a credere a tutte le tesi dei complottisti che girano anche sulla rete. Consideravo infatti molte cose delle pure speculazioni nelle quali si dilettavano scrittori a caccia di facile notorietà.
Mentre ero assorto in questi pensieri mi ricordai di un intervista che avevo fatto qualche anno prima a un musicista rock britannico molto noto, quando, all'epoca, mi occupavo di musica. Costui viveva in Scozia, in una bellissima mansion, poco distante dal lago di Loch Ness; dopo l'intervista mi chiese di rimanere a pranzo con lui. Era una persona molto cordiale e al terzo whisky dopo pranzo divenne piuttosto loquace. Parlammo a lungo e di tante cose. Poi la nostra conversazione scivolò su tematiche esoteriche e dei collegamenti, spesso occulti, tra il rock e l'esoterismo, di cui era un cultore, finché arrivammo a parlare delle associazioni segrete che pullulano un po' in tutto il mondo e delle problematiche sociali legate all'azione di gruppi occulti e lobbies di potere che utilizzavano l'esoterismo non come strumento di crescita umana e sociale bensì come paravento per perseguire i propri fini, spesso criminali, tradendo perciò i veri valori della tradizione iniziatica. Ricordai una cosa che lui mi disse durante la nostra conversazione. Mi parlò del grande inganno nei cui meandri brancolano i popoli, truffati dai loro politici, manovrati da gruppi occulti che si nascondono dietro la facciata di istituzioni filantropiche. Mi parlò delle masse condizionate, nei paesi occidentali, dalle grandi multinazionali della moda, influenzate nei modi di mangiare, vestirsi e divertirsi e sempre più spinte verso le ultime applicazioni tecnologiche, che stavano creando schiere di individui apatici, soprattutto tra le

nuove generazioni. Nella sua lunga divagazione costui paragonò la società umana a quell'insieme di individui immortalato nel *mito della caverna*, raccontato da Platone, che parlava di uomini, prigionieri, costretti a guardare verso la parete di una caverna sulla quale erano proiettate ombre di statue, che essi scambiavano per realtà. Mi disse che esistono due livelli di storia: quello umano e quello oltreumano. Il primo era quello raccontato dalla storia ufficiale, quella che si propinava alle masse, mentre il secondo era quello occulto, giocato nelle segrete stanze del potere da potenti di grosso calibro e spesso da criminali senza scrupoli. Per questi fare scoppiare qua o là qualche rivoluzione, provocare l'impennata del prezzo di una materia prima sui mercati o fare salire il valore di qualche altro prodotto era solo questione di affari e di gestione del potere. E molti di questi individui, aggiunse, erano i veri manovratori della politica internazionale, spesso facenti parte di organizzazioni occulte e *luciferine*, che vantavano a volte nomi legati alla mitologia sumerico-babilonese e alle antiche divinità caldee. E poi concluse dicendomi che la sparizione di individui, che avviene un po' ovunque per il mondo, non era un caso, che epidemie, guerre e rivoluzioni non erano solo il prodotto di mali e ingiustizie, che sommosse e che sterminii di massa, fame e malattie non erano un caso bensì che erano tutte cose provocate da coloro che nutrivano la loro divinità con la sofferenza del mondo, vero e proprio sacrificio delle masse umane sull'altare del potere.

Ma ero prevenuto contro quello che consideravo un facile qualunquismo complottista e seppur affascinato da quella tesi non prestai ulteriori attenzioni alle sue parole. Ebbene, quella sera nella mia stanza, cominciai a riconsiderare tutte le mie convinzioni precedenti e i pregiudizi che sino ad allora avevo manifestato. E poiché

sembrava che dietro la facciata benefica della New Era for the World si nascondeva una realtà diversa e inquietante vi era un solo modo per sincerarsene: accettare i rischi cui andavo sicuramente incontro e continuare nel migliore dei modi il percorso intrapreso, anche per salvaguardare Luna.
Nel corso delle settimane successive il mio percorso nella struttura fu per me molto utile, poiché ebbi la possibilità di allontanarmi dall'alcool, anche se mi resi conto gradatamente, che più si restava all'interno di quel luogo, più il livello di condizionamento mentale sugli ospiti aumentava. Ma questo non era un condizionamento evidente bensì costituito da una specie di induzione occulta, che si nascondeva dietro i sorrisi dei coach e che si intuiva nelle loro esortazioni a fare di più e a donare generosamente alla New Era affinché i suoi programmi di aiuto psicofisico si sviluppassero ulteriormente.
Il coach assegnatomi si era comportato in maniera molto discreta con me; compresi comunque che da lui non avrei ottenuto altre informazioni su quel che accadeva ai livelli più alti dell'organizzazione. Ero infatti convinto che Master Walter avesse dei superiori, qualcuno al quale rendeva conto del suo operato. Questa mia convinzione non era il risultato del vago accenno fatto da Luna né di quanto m'aveva confidato la povera Eleonora, quanto piuttosto una sensazione, un sospetto che non mi abbandonava mai. Spesso mi chiedevo che strada avessero preso le indagini sulla morte di quest'ultima – ammesso che fossero state fatte - ma lì dentro ero completamente fuori dal mondo, privo di qualsiasi contatto con l'esterno e con la strana sensazione che io e gli altri occupanti fossimo ormai prigionieri di quel sistema. Quando, qualche volta, avevo parlato con il mio coach della possibilità di uscire lui aveva liquidato la cosa

con un sorriso e con un accenno generico al permesso che in tal caso avrei dovuto chiedere a Master Walter, laddove fossi stato pronto e solo dopo un'attenta valutazione del mio *processo autogenerativo*, come veniva comunemente chiamato il cammino degli adepti della New Era. Intanto, pur non potendo avere contatti con Luna, la vedevo ogni giorno a pranzo ed ebbi ben presto l'impressione che avesse perso quall'aria tesa che avevo notato all'inizio; sembrava cambiata, sicura di sé e durante l'ora dei pasti ci scambiavamo spesso occhiate d'intesa. Quell'imbecille di Willard intanto era sempre più di malumore e riusciva ormai difficilmente a dissimularlo.
Il tempo intanto trascorreva inesorabile e anche noi diventavamo sempre di più parte della New Era. Pian piano iniziammo a ragionare tutti, stupefacentemente, allo stesso modo. Iniziavamo ormai a sentirci parte di un grande progetto nel quale avremmo avuto sicuramente un ruolo rilevante anche se, gradatamente, la nostra libertà interiore, la nostra capacità critica andavano a farsi fottere.
Quando cercavo di fare un'analisi di quello che mi stava accadendo, il mio percorso mi sembrava naturale, spontaneo. Riuscendo a uscire dalla schiavitù dell'alcool mi sentivo aperto ad accogliere ogni novità in maniera positiva e la mia mente si liberava – almeno era questa l'impressione che avevo - dei vecchi fantasmi del passato. Avvertivo oramai di essere pronto ad accettare qualunque cosa mi fosse stata proposta dal Maestro e anche il timore per la mia vita, causato dall'incontro con la Piccioni, pareva svanito per incanto. Tale situazione mi sembrava persino irreale e a un certo punto mi chiesi se all'interno dei cocktail di verdure di cui ci nutrivamo fosse stata aggiunta qualche sostanza che stesse ottundendo gradualmente le nostre capacità razionali, ma col tempo

smisi di pensare anche a questo.
Una mattina accadde l'avvenimento che ha cambiato per sempre la mia vita. Ero in palestra e stavo facendo degli esercizi di rilassamento quando il mio coach, con aria sorridente, mi invitò a recarmi nello studio del Maestro, che voleva parlarmi. Rimasi non poco sorpreso poiché gli incontri privati col Maestro non erano un privilegio frequente ed io avevo già avuto direttamente un incontro con lui in occasione del mio ingresso nella New Era. Mentre attraversavo il lungo corridoio che conduceva alla grande stanza nella quale Master Walter trascorreva molte ore della giornata, sentivo che qualcosa di importante stava per accadere. Appena entrato questi mi venne incontro con aria sorridente e mi strinse forte entrambe le mani prima di parlarmi:
"Caro fratello Geronimo, come stai?" mi chiese con aria premurosa.
"Bene, Maestro, sto bene adesso."
"Ecco, hai detto la parola giusta fratello: 'adesso'. Si, perché quando entrasti in questo luogo eri smarrito e malato; malato nel corpo e nello spirito, ma ora sei stato sanato e me ne rallegro con te."
Mentre parlava, dopo avermi fatto accomodare in una poltroncina davanti alla sua scrivania, andò a riprendere il suo posto e d'improvviso assunse un'aria bonariamente solenne. I suoi occhi sembravano emanare uno strano luccichìo.
"Ti ho convocato qui perché desideravo innanzitutto complimentarmi con te per i tuoi evidenti e incoraggianti progressi nonché per considerare insieme a te una proposta che ho da farti."
Mi accomodai meglio sulla poltrona facendogli chiaramente capire che aveva tutta la mia attenzione.
"Vedi Geronimo, so che lavori per un giornale che ha

sede a Londra e visti i sorprendenti e positivi cambiamenti che stai compiendo nel tuo percorso avevo pensato ad una cosa."

Sapevo che tramite Willard aveva saputo del mio lavoro e in quel momento pensai che sapesse anche altre cose di me ma preferii non pensare a quel che ciò avrebbe potuto comportare e mi sforzai di concentrarmi su quello che mi stava dicendo. Ebbi comunque l'impressione che avesse in qualche modo 'letto' i miei pensieri ma egli, sempre sorridendo, continuò:

"Devo purtroppo rientrare a Londra per organizzare il lavoro in vista dell'apertura di un'altra sede della New Era che io e il dott. Willard abbiamo pianificato a Berlino, per cui immaginerai che ci sarà molto da fare. Ho quindi bisogno di allargare la rosa dei miei collaboratori e vorrei che tu mi seguissi per affiancarmi nelle attività presso la sede di Ealing. Non so qual è adesso la tua situazione lavorativa ma nel qual caso tu dovessi rientrare presso il giornale mi farebbe piacere scegliessi di venire via con me; così, se ti fa piacere, potresti dare le dimissioni ed entrare a far parte del mio staff. Chiaramente ciò significa che sarai pagato, poiché dovrai svolgere un lavoro amministrativo e per ciò ho necessità di una persona discreta e fidata; e tu lo sei. Ah, devo dirti che nell'attività sarai affiancato da un'altra persona. Con noi, infatti, verrà anche la cara sorella Sibilla. Penso che il suo nome non ti dica molto ma la conoscerai presto. Allora, che ne dici?"

Rimasi interdetto per qualche secondo prima di rispondergli. Mi sembrava tutto troppo strano. Quell'uomo mi stava invitando a seguirlo a Londra; per di più insieme a Luna. A che gioco stava giocando veramente?

Ma non era quello il tempo per le speculazioni e qualsiasi cosa fosse accaduta in seguito io non potevo correre il

rischio di perdere i contatti con lei.
"Maestro, devo riconoscere che la sua proposta è lusinghiera e allettante; la ringrazio di cuore per la fiducia accordatami nell'assegnarmi questo incarico. Accetto con onore e gioia!"
Avevo pronunciato quelle parole con entusiasmo e convinzione e vidi un'espressione di soddisfazione sul viso del mio interlocutore, che si alzò e mi venne vicino, congratulandosi con me mentre stringeva forte una delle mie mani tra le sue:
"Benissimo! Grazie Geronimo, ero sicuro che avresti accettato e sono convinto che faremo grandi cose insieme."

Cap. IV

Qualche settimana dopo ero a Londra. Ma la mia condizione era del tutto diversa da quella di un semplice adepto ormai. Ero divenuto collaboratore del Maestro e godendo di piena libertà di scelta mi ero licenziato dall'Herald benchè con grave disappunto del mio ex capo, che non riusciva a comprendere in pieno le motivazioni della mia decisione. Oltre tutto era incazzato per non aver ricevuto ulteriori articoli che aspettava da me e mi addebitò una somma di risarcimento per il danno arrecatogli; somma che decurtò dalla mia buonuscita. Ma non me ne curai. La mia mente ormai era altrove.
Avevo fatto il viaggio dall'Italia all'Inghilterra insieme a Luna e a Master Walter e quando questi, prima che partissimo, ci presentò, lei fu molto abile, dissimulando completamente di conoscermi. Durante il viaggio potei però rendermi conto che Luna provava una grande ammirazione e un notevole rispetto per il Maestro ma notai anche che era molto contenta che io fossi con loro, anche se questo non mitigò la mia tristezza poiché lei mi attraeva molto e mi faceva male vederla presa di un altro uomo.
Conoscevo molto bene Ealing, area alla periferia di Londra, che in alcune zone aveva mantenuto il tipico aspetto di un villaggio inglese, pur essendo ben collegata alla città. Negli ultimi anni era divenuta meta di molti immigrati che si erano integrati piuttosto bene. Qui, in un grande edificio dell'epoca vittoriana attiguo ad un piccolo parco alberato, vi era la sede madre della New Era for the World. La sede era molto bella e confortevole e mi ritrovai in un ambiente internazionale poiché gli adepti

provenivano da molti paesi esteri. Mi fu assegnato un bell'ufficio, quasi attiguo a quello di Master Walter. Luna invece divenne la sua segretaria personale, ma era evidente che tra loro due c'era dell'altro. Spesso, anche in pubblico, egli la chiamava 'la mia piccola e adorabile Sibilla', con grande disappunto di Willard, che era verde di bile e che inoltre mostrava di non gradire i due nuovi arrivi nello staff dirigenziale. Ma a me questo non importava. Quel che invece mi faceva male era sapere che Luna amava il Maestro ma ero anche sorpreso dal fatto che, in barba alle regole interne che durante il periodo di permanenza degli adepti presso la New Era proibivano a questi ultimi contatti fisici e qualsiasi forma e relazione sentimentale tra loro, quei due sembravano viversi la loro storia con una libertà quasi assoluta.
Il mio lavoro consisteva nel coordinare lo staff di coaches che si occupavano degli iscritti di sesso maschile, mentre Willard si occupava del settore riservato alle donne. Mi accorsi comunque che continuava a tenere gli occhi su Luna e i rapporti tra loro sembravano deteriorarsi sempre più. Nonostante avessi piena libertà di movimento non mi era facile parlare con lei poiché per gran parte della giornata era con Master Walter e le occasioni che avevamo avuto per stare da soli erano state pochissime. In una di queste avevo potuto finalmente parlarle di quanto era successo alla povera Eleonora. Luna si disperò e pianse molto per l'amica. Non fece alcuna supposizione sulla sua morte ed era evidente che la sola idea che questa potesse essere stata provocata da un ordine partito dai vertici dell'organizzazione la terrorizzava. Non credo nemmeno che ne parlasse col Maestro. Dopo quell'occasione, comunque, si recò un paio di volte a Berlino con lui, per faccende riguardanti l'apertura della terza sede, che sarebbe nata nel giro di pochi mesi; e ciò

con mio dispiacere, anche perché durante quei seppur brevi periodi di tempo ero stato costretto a lavorare a stretto contatto con Willard…

Al ritorno lei si era sempre premurata di dirmi che stava bene, che era uscita da quella situazione di disorientamento nella quale si era trovata all'inizio, grazie anche alla mia presenza che, diceva, l'aveva rassicurata, ma grazie soprattutto al Maestro che, secondo lei, l'aveva spinta a guardare la vita con occhi diversi e le aveva insegnato tante cose nuove. E fu in una di queste rare occasioni nelle quali avemmo l'opportunità di parlarci che, mentre lei si abbassava per prendere una cartella di documenti che le era caduta, notai dei lividi che aveva sulla parte superiore di un braccio. Quando le chiesi del perché di quei lividi lei, con non poco imbarazzo, mi rispose dicendomi che qualche giorno prima, nella sua camera, era inciampata cadendo e sbattendo violentemente con un braccio contro una spalliera del letto. In quel momento mi venne a mente quel che mi aveva confidato Eleonora Piccioni riguardo alle insolite pratiche sessuali alle quali Luna era avvezza. Mi domandai in che misura il Maestro ne era coinvolto. Intanto la sua fiducia nei miei riguardi aumentava sempre più ed egli mi affidava via via più responsabilità; questa situazione mi aveva inimicato irrimediabilmente Willard, che però si guardava bene dal mettersi apertamente contro di me. Negli ultimi tempi, comunque, avevo riacquistato gran parte del mio senso di autostima perso in anni e anni nella spirale dell'alcool. Mi sentivo forte ormai, quasi invincibile e le mie condizioni economiche erano ottime. Non pensavo più a quel che Master Walter poteva aver sospettato di me né alle dicerie sull'istituzione di cui ero venuto a conoscenza per mezzo della Piccioni. Sulla sua morte feci qualche ricerca su internet e vidi che tutte le fonti consultate riferivano di un caso archiviato, causa: probabile suicidio. In altri tempi, come un segugio, avrei fiutato qualsiasi strada di indagine possibile per dare una risposta certa all'accaduto, specialmente perché quella poveretta l'avevo conosciuta di persona, ma la vita agiata che conducevo a Ealing mi aveva cambiato. Vi era un solo neo nella mia esistenza: Luna.

Avevo, mio malgrado, accettato il fatto che tra lei e il Maestro esisteva una relazione ma lui non era più un giovane e lei era comunque legata a me da un certo affetto. Ero in piena ascesa e intuivo di avere buone probabilità di prendere un domani il posto che Master Walter avrebbe lasciato vacante alla sua morte. Del resto Willard era definitivamente fuori gioco, soprattutto perché i rapporti tra lui e Master Walter si erano raffreddati notevolmente negli ultimi tempi. E poi Luna era disgustata da lui, lo intuivo da come reagiva quando, alla fine di ogni mese, tenevamo riunione tutti e quattro nel grande studio di Master Walter; lei manteneva sempre una certa distanza fisica nei confronti di Willard.

Un pomeriggio mi trovavo nella mia bella e confortevole camera piena di mobilio di pregio e comodità. Ero alla scrivania, immerso nella lettura di un libro sulla medicina olistica quando il mio sguardo cadde per un attimo su un mobile bar che faceva parte dell'arredamento e che non avevo mai aperto, anche perché la sola eventuale presenza dell'alcool sembrava non tentarmi più. Ma mi venne la voglia di vedere se contenesse qualche bottiglia, così, per curiosità. Mi alzai dalla poltrona e andai ad aprirlo. All'interno vi erano un paio di bottiglie di ottimo brandy, di cui conoscevo le marche. 'Certo' pensai, 'chiunque abbia occupato questa camera prima di me non avrà certo bevuto la sbobba di frullati di verdure o le minestre di legumi che serviamo ai praticanti le nostre discipline.

Mah, e....questa cos'è?'
Dietro il brandy vi era un'altra bottiglia, di colore scuro, avvolta in un grande fazzoletto di seta rossa. Sulla bottiglia non vi erano etichette esplicative, tranne una, di colore bianco, che riportava un motto latino in caratteri gotici neri: 'Mortui non mordent'.
Pensai alla stranezza di quelle parole su una bottiglia di liquore: I morti non mordono.
'Beh, è vero che i morti non mordono. Del resto quando si muore è veramente finita. Paradossalmente, scritto su una bottiglia, sembra essere un invito a godersi la vita' mi dissi. Presi un cavatappi e la aprii. Il contenuto emanava un profumo delizioso. Dopo aver titubato un po' mi decisi a versarne una piccola quantità in un bicchiere. L'assaggiai; aveva un sapore molto particolare, non riuscivo a capire che cavolo fosse ma era buonissimo. Ne bevvi un altro bicchierino mentre cominciavo a sentirmi già euforico, ma la cosa non mi sembrò strana poiché ero ormai disavvezzo all'alcool. Chiusi la bottiglia e la rimisi al suo posto. Avevo già sbrigato il lavoro della giornata per cui decisi di riposare un po', anche se sapevo che in tali frangenti la mia mente vagava pensando a Luna. Mi accomodai quindi in una comoda poltrona massaggiante e mi lasciai andare alle vibrazioni che sollecitavano dolcemente i nervi e i muscoli della mia schiena. Nel frattempo pensavo al liquore che avevo trovato in camera. Era piuttosto inusuale dato che nel centro non avevo mai notato bottiglie d'alcool e nemmeno il Maestro ne aveva. E poi noi tutti ci nutrivamo come tutti gli altri e bevevamo gli stessi frullati di verdure che benché m'avessero provocato notevole disgusto all'inizio, col tempo erano finiti per diventare parte indispensabile del mio regime alimentare.
Mentre ero assorto in questi pensieri cominciai ad avere la

strana sensazione che le mie facoltà percettive fossero più sveglie, più acute. Sapevo che l'alcool dà la classica sensazione di euforica sicurezza ma quello che avvertivo in quei momenti mi sembrava diverso. Poi, lentamente, scivolai in un sonno profondo che si aprì su una visione: ero in un luogo stretto e scuro, forse un sotterraneo. Camminavo a tentoni, non avendo luce alcuna con me e chiamavo a voce alta chiedendo che qualcuno venisse in mio aiuto ma la mia voce rimbombava sorda tra le strette pareti di quel cunicolo. Preso dal panico continuavo ad avanzare nel buio tendendo le mani avanti sino a che i miei occhi distinsero un bagliore lontano che col passare del tempo si fece più vicino rivelando, alla fine del cunicolo, un'apertura. Da lì udii provenire delle voci. Riconobbi immediatamente quelle di Luna e del Maestro. Li sentivo gridare per cui mi misi a correre verso quella direzione sbucando infine in una stanza, illuminata dalle luci di alcune grandi torce affisse alle pareti. La attraversai e raggiunsi una porta che si trovava proprio in fondo alla sala. Dall'interno udii provenire gemiti e grida; aprii subito la porta e davanti a me, su un letto a baldacchino, vidi Luna e Master Walter. Questi era su di lei, intento a violentarla, mentre lei si dibatteva furiosamente. Mi avvicinai al letto, Luna mi vide: "Robert, aiuto!" Fu un attimo ed avevo aggredito alle spalle il Maestro. "Maledetto, lasciala!" gli dissi al colmo della rabbia. Finimmo ambedue a terra ingaggiando una dura colluttazione, mentre Luna continuava a pronunziare il mio nome: "Robert, Robert!"; e fu proprio la sua voce che mi svegliò. Aprii gli occhi. Ero in un bagno di sudore. Luna era accanto a me.

"Robert! Hai avuto un incubo" mi disse, con apprensione; e andò immediatamente in bagno, tornando subito dopo con un asciugamano con il quale mi terse il

sudore.
"Passavo nel corridoio e ho sentito che ti lamentavi; ho bussato ma non rispondevi e così sono entrata e ho visto che stavi facendo un brutto sogno." Poi, come se avesse sentito qualcosa, si avvicinò al mio viso: "Ma....Robert, tu hai bevuto!"
La guardai con un sorriso mentre mi alzavo dalla poltrona.
"Si ho bevuto" risposi sorridendole e abbracciandola affettuosamente "ma sta tranquilla, solo un paio di bicchierini, e non è stato certamente per quelli che ho avuto un sonno agitato. E' solo accaduto che per curiosità ho aperto quel mobile lì in fondo e vi ho trovato delle bottiglie" dissi mentre andavo ad aprirlo.
"Già, e quindi hai creduto bene approfittarne!" osservò lei con aria di rimprovero.
"Ti sbagli, non è per questo, è solo che sono stato attratto da questo enigmatico liquore che mi ha incuriosito; tu ne sai qualcosa?" le chiesi mentre le porgevo la bottiglia.
Lei la prese tra le mani e ne lesse l'etichetta. Poi abbassò lo sguardo mentre rispondeva:
'Questo....questo è il liquore di Oswald."
"Oswald? E chi è Oswald?"
Era la prima volta che udivo quel nome. Luna mi guardò con imbarazzo.
"Immagino che costui abbia occupato questa stanza in passato. Ebbene, posso avere una risposta?" la incalzai.
Luna mi prese una mano e mi fece sedere su un sofà, accanto a lei. Continuava a guardarmi con disagio, come se temesse di rispondermi.
"Vedi Robert, forse non vi crederai ma Oswald...si, lui....lui è...uno di quei signori occulti che dirigono la nostra istituzione.
"Continua" le dissi.

"Beh, non c'è molto da dire, nel senso che non è che io ne sappia molto. Master Walter ha accennato a lui qualche volta. Mi ha riferito che in passato ha retto la nostra istituzione e che ora si dedica ad altro."
"Ad altro? E a cosa?
"Non lo so Robert, non lo so. So soltanto che ogni tanto si fa vedere da queste parti. La prima volta il Maestro, appena saputo che era arrivato entrò quasi in apprensione e mi spedì subito via. Poi mentre erano nello studio grande mi avvicinai alla porta e origliai ma per poco. Non compresi bene quel che si dicevano. Me ne stetti un po' fuori la stanza e poi andai a nascondermi dietro un angolo del corridoio, finché li vidi uscire entrambi. Ricordo che in quell'occasione rimasi molto impressionata dall'aspetto del nuovo venuto."
"In che senso rimanesti impressionata? Spiegati meglio."
"Beh, vedi, quest'uomo, questo Oswald, ha una strana voce, gracchiante, sembra quasi non umana, ma probabilmente avrà avuto qualche problema alle corde vocali, che ne so; comunque sia sembra che non corra molto buon sangue tra lui e il Maestro perché un paio di settimane dopo venne di nuovo a farci visita. Si chiuse nello studio con lui e dopo un po' li udii discutere ad alta voce finché iniziarono a gridare. Ero molto impaurita ma trovai comunque il coraggio di avvicinarmi alla porta. Parlavano......*parlavano di coloro che siedono nel buio.*"
"Coloro che siedono nel buio? E di chi si tratta?"
Luna fece un sorriso ironico mentre mi rispondeva:
"Ah, non chiederlo a me, non saprei dirti molto. Un'altra cosa strana di quell'uomo è che porta sempre degli occhiali scuri e indossa un lungo impermeabile grigio, che non toglie mai, nemmeno quando entra in casa."
"Com'è che io non l'ho visto mai? E poi perché non mi hai mai parlato di questa persona?"

"Durante le poche volte che è venuto qui tu eri impegnato con i coach e i gruppi di lavoro negli esercizi di respirazione in palestra. E poi il Maestro mi aveva espressamente chiesto di non parlare con nessuno di lui. Pensa che questo individuo entra da un'entrata nel cortile interno, una piccola porta che una volta, quando questo edificio apparteneva al precedente proprietario, veniva usata solo dalla servitù. E comunque sono contenta tu non l'abbia mai incontrato Robert. Quell'uomo è il male, credimi!"
"Come fai a dire questo? Da cosa lo deduci?"
"Lo capisco dall'espressione del Maestro, dopo che lui è andato via. E' sempre turbato, di cattivo umore. Sembra che quell'essere abbia la capacità di farlo stare decisamente male."
"Capisco. E Willard? Cosa sa Willard di questo fantomatico Oswald?"
"Ti dissi che Willard ha timore del Maestro, ricordi? Beh, riguardo a Oswald posso dirti che Willard ne ha addirittura terrore. Lo compresi quando, il giorno dopo la prima visita di quell'uomo, il Maestro ne parlò a Willard. Eravamo nello studio e io ero al pc a scrivere e mentre loro due parlavano il Maestro accennò a Oswald. Vidi Willard sbiancare e credimi, quello che vidi sul suo volto era terrore!"
"Ma perché questo individuo fa tanta paura? Voglio dire, al di là del suo modo di vestire o della sua voce, cos'è che incute timore negli altri?"
Luna era pensierosa mentre mi rispondeva:
"In verità non saprei dirtelo con certezza; è più una sensazione che altro; a parte gli aspetti fisici di cui ti dicevo non vi sono apparentemente altre ragioni. C'è comunque una cosa che ricordo molto bene e che mi lasciò quasi disturbata, una cosa che accadde in occasione

della sua seconda visita. Lui e il Maestro erano usciti dallo studio e il Maestro lo aveva accompagnato fin nel cortile interno, nei pressi della sua auto. Io ero ad una finestra che li osservavo. Ebbene prima che Oswald si mettesse in macchina scambiò qualche altra parola con il Maestro e poi…poi gli sorrise con un ghigno beffardo, un'espressione che faceva paura! Io lo notai bene perché la finestra dalla quale li osservavo era al primo piano e molto vicina al posto in cui Oswald aveva parcheggiato l'auto. Robert, quell'uomo è il diavolo!"
"Non lasciarti suggestionare e resta con i piedi per terra. Piuttosto, sai quando verrà di nuovo questo tizio? Ho proprio voglia di conoscerlo."
Lei mi guardò, continuando a tenere stampata sul volto quell'aria di apprensione e timore assunta da quando aveva iniziato a parlarmi di quell'individuo.
"Credo che sarà proprio questa sera ma io…"
"Ma tu cosa? Informa Master Walter che vorrei conoscere Oswald" le dissi secco.
Ella non rispose, ma mi venne vicino e si congedò da me abbracciandomi forte.
Mentre la guardavo allontanarsi nel corridoio pensavo al dolore che mi aveva dato; mi faceva male saperla di un altro benché nutrissi un certo rispetto per Master Walter. Del resto ammiravo la passione che lui metteva in tutto quel che faceva seppure avessi sospetti sui superiori occulti ai quali doveva dare conto, secondo quel che mi aveva detto Luna. Comunque dentro di me nutrivo la speranza che un giorno lei sarebbe divenuta mia ed era questo quel che mi aiutava a sopportare la situazione.
Un paio di ore dopo Master Walter bussò alla mia porta. Avevo appena finito di grattarmi a sangue il viso per rendermi presentabile per la serata e tenevo un asciugamano bagnata sul volto. Quando vidi il Maestro

mi accorsi che era notevolmente nervoso mentre mi chiedeva di recarmi nello studio, appena fossi pronto, per presentarmi una persona.
Una ventina di minuti dopo ero davanti a Mr Oswald Reitingen, responsabile, secondo quel che mi aveva detto il Maestro, del Comitato di Gestione della New Era for the World.
"Felice di conoscerla Mr Dalton ma diamoci pure del 'tu'. Vede, a me danno un po' fastidio i formalismi, soprattutto in ambito lavorativo" mi disse l'uomo porgendomi una mano quasi scheletrica che fuoriusciva dal pesante soprabito grigio che indossava. Il viso era mezzo coperto da un paio di grossi occhialoni neri da sole e mentre sorrideva nel salutarmi non potei non notare i canini, quasi aguzzi, che mise in mostra.
"Il piacere di conoscerti è mio Oswald" risposi mentre stringevo quella mano fredda e ossuta. Notai subito lo strano timbro vocale che aveva e pensai a una qualche forma di problema alle corde vocali che doveva avere avuto. Mentre Luna ci serviva dei succhi di frutta il Maestro ci fece accomodare ed esordì informando il nostro ospite sulla mia funzione e sullo zelo e la professionalità che mostravo nell'adempiere ai compiti che mi erano stati assegnati. Oswald ascoltava con attenzione scrutandomi attraverso i suoi occhiali scuri mentre annuiva sorridendo alle parole di Master Walter sul mio conto.
"Bene bene, sono proprio contento Robert. Riferirò a chi di dovere delle tue qualità," Poi, improvvisamente si voltò verso il Maestro:
"Dimmi un po', come vanno le cose col dottor Willard?"
Mentre Master Walter rispondeva ebbi la netta sensazione che cercasse di allontanare da Oswald un qualche sospetto, forse una qual certa diffidenza….

Oh, tutto bene Oswald, le incomprensioni pregresse tra me e Willard sono superate; del resto se ci fossero stati ancora problemi te l'avrei detto."

"Bene, sono sicuro che è così. Sono contento per te e...per Willard, naturalmente" rispose l'altro aprendosi in quel suo enigmatico sorriso. In quel preciso istante ebbi la netta impressione che se il Maestro avesse risposto diversamente, di lì a poco Willard avrebbe passato qualche brutto momento.

Poi Oswald mi venne vicino e mi prese sottobraccio. Fui investito da una zaffata di alito puzzolente e riuscii a malapena a dissimulare il mio disgusto. Quindi l'ospite si rivolse a Master Walter:

"Spero mi capirai se mi trattengo un po' con Robert mio caro Walter. Stai pure comodo, dopo mi accompagnerà lui all'uscita. Buonasera sorella Sibilla."

Mentre Luna abbozzava un sorriso il Maestro annuì ad Oswald con una specie di inchino, la qual cosa mi sorprese non poco poiché non ero affatto avvezzo a vedere un uomo come lui, abituato agli onori e alle riverenze, salutare qualcun altro come se fosse un'autorità superiore. E così scendemmo nell'atrio mentre Oswald mi teneva ancora vicino a lui. Mi dava notevolmente fastidio quell'atteggiamento di estrema confidenza al quale, da buon inglese, non ero affatto avvezzo ma sentivo di non potermi arrischiare in qualche gesto che poteva essere interpretato come una scortesia. Egli si intrattenne a parlare con me dei progetti che il Comitato di Direzione aveva per la struttura e della futura espansione della New Era e poi mentre gli aprivo la portiera dell'auto mi fece una promessa, piantandomi in viso il suo sguardo, che vedevo distintamente attraverso gli occhiali scuri che portava: "Caro Robert, intuisco chiaramente che sei un fratello sul quale io e tutti gli altri superiori possiamo contare molto e presto avrai la possibilità di accedere a responsabilità più alte, che richiederanno da parte tua incrollabile fedeltà ma sono sicuro che tu le adempirai con abilità."

"Grazie fratello Oswald, grazie per la fiducia; posso assicurarti che qualsiasi ulteriore responsabilità sarà da me svolta con impegno e dedizione." Ero raggiante di soddisfazione ma allo stesso tempo anche piuttosto sorpreso per la mia risposta così ossequiosa nei toni e nella deferenza verso quell'individuo. Egli mi rispose con un sorriso al colmo della soddisfazione e una forte stretta di mano. Quando rientrai il Maestro e Luna non mi dissero nulla ma io sentivo su di me i loro sguardi. Col passare dei giorni cominciai ad avvertire una strana diffidenza da parte di Master Walter nei miei riguardi. Una sera ne parlai con Luna ma lei negò recisamente, accusandomi addirittura di volerla mettere contro di lui. Ero al massimo della rabbia; litigammo e alla fine lei sbottò: "La verità è che sei geloso! Lo vedo come mi guardi sai?"

"E' vero, ma che cazzo significa questo? Non mi sembra di averti dato fastidio! Ricorda che mi trovo qui per te, per vegliare sulla tua incolumità e se non mi avessi inviato quella mail non sarei venuto a cercarti! E poi cosa mi dici di Eleonora e di quello che le è successo? Non credi possa esserci qualche verità nel suo racconto? Ti sei mai chiesta chi sono coloro che dirigono questa organizzazione? O forse devo pensare che già lo sai, magari per averlo saputo da Master Walter...a proposito, ricordo che accennasti a chissà quali segreti o conoscenze alle quali avrei avuto accesso tramite lui...beh, non mi sembra che si sia aperto molto con me sino ad ora!"

"E chi ti ha detto che non lo farà? E' forse solo il caso di ricordarti che fino a qualche mese fa eri un seguace qualsiasi della New Era e guarda dove sei arrivato adesso! E poi, se non lo sai, benché gli avessi parlato di te chiedendogli di farti venire qui con noi lui aveva già deciso di farlo. Riguardo alla povera Eleonora non so che dire. Spero solo che la New Era non c'entri con la sua morte altrimenti sarebbe terribile."

"Già, l'hai detto" risposi secco e di cattivo umore. Accusavo il colpo per le sue parole ma ero ben conscio che aveva detto la verità. Ero innamorato di lei e sapere che amava il Maestro mi rendeva a volte, folle di gelosia, per cui cercavo di non pensarci anche se il desiderio di lei cresceva in me giorno per giorno.

Epilogo

Ciò accadeva la scorsa settimana; gli ultimi avvenimenti però hanno cambiato tutto: la realtà delle cose e la mia stessa vita. So di non essere più libero, so di essere ormai una pedina nelle mani di individui a me sconosciuti. Probabilmente, eccetto Oswald, non conoscerò mai gli altri. Una cosa però per certo la so: essi non mi lasceranno mai libero e finché servirò ai loro scopi, finché porterò adepti, finché istruirò le nuove leve mi permetteranno di restare in vita. Ma ciò non mi angustia poiché so che in fondo ho ricevuto quel che inconsciamente cercavo, avendo fatto crescere insieme al desiderio per Luna anche la mia ambizione. E lui, Oswald, lo sapeva, l'aveva capito; ed era lì quando il fatto è avvenuto...
Una sera, un paio di giorni dopo, ero di cattivo umore e non riuscivo ad addormentarmi. Avevo preso una tisana rilassante ma questa non aveva sortito alcun effetto. Mi alzai dal letto e mi rivestii, avendo deciso di fare quattro passi nel parco che, speravo, m'avrebbero conciliato il sonno. Percorrendo in silenzio le scale e l'androne al piano terra mi trovai nel cortile interno. Lì vidi parcheggiata, non molto lontano, un'auto. Mi avvicinai; era quella di Oswald. Quasi istintivamente alzai gli occhi verso la finestra dello studio di Master Walter e con mia grande sorpresa notai le luci accese. Non riuscivo a darmi spiegazione per un incontro tra lui e Oswald nel pieno della notte, a meno che ciò non fosse giustificato da qualcosa di urgente. Ritornai indietro e risalii le scale. Cercando di non far rumore mi avvicinai alla porta dello studio di Mater Walter. Non si sentiva alcuna voce

dall'interno. Quella situazione mi sembrava molto strana. Bussai ma nessuno rispose. Così decisi di entrare. Al'interno sembrava tutto in ordine. Uscii e mi avvicinai alla camera del Maestro che, sapevo, ospitava anche Luna. Il silenzio era totale. Ritornai nello studio di Master Walter e mentre mi guardavo intorno notai che un mobile libreria era leggermente discosto dal muro; mi avvicinai e rimasi quasi senza fiato nello scoprire che questo nascondeva un vano. Lo spostai pian piano e mi accorsi che la cavità nel muro dava su qualcosa che doveva essere un corridoio. Accesi la piccola torcia che tenevo nel mio portachiavi e mi inoltrai nella galleria. Le pareti erano lisce e il pavimento coperto con delle mattonelle. In quel momento un brivido mi percorse la schiena: la situazione che stavo vivendo era simile a quella che avevo visto nell'incubo che avevo avuto alcuni giorni prima! Intanto continuavo ad andare avanti finché mi accorsi che vi era una luce in lontananza. Questa proveniva da un'apertura in fondo al tunnel. Spensi la piccola torcia elettrica che avevo con me e cercando di fare il minimo rumore possibile con i miei passi mi affrettai verso l'uscita di quella galleria. Sbucai in una grande stanza illuminata da grandi torce poste alle pareti e per un attimo rimasi quasi pietrificato; la scena che mi si presentò innanzi era quasi identica a quella che avevo avuto in sogno poco tempo prima.

In fondo a quella sala vi era un letto a baldacchino coperto da tende scure, dal quale provenivano urla e gemiti. Compresi immediatamente di cosa si trattava e mi avvicinai al letto. Scostai violentemente una delle tende e vidi Master Walter e Luna avvinghiati l'un l'altro in un amplesso violento e appassionato. Fu un attimo e la rabbia e la collera presero il posto del buon senso e dell'autocontrollo. Un velo mi cadde sugli occhi e non

vidi più nulla. Afferrai Master Walter alle spalle e lo tirai giù dal letto tempestandolo di pugni e calci. Luna iniziò a gridare e mi saltò addosso graffiandomi il collo e il viso e urlandomi di smetterla. Con una violentissima spinta me ne liberai e la scaraventai a terra continuando a tempestare di pugni e calci allo stomaco il Maestro finché mi avventai di nuovo su di lui sbattendogli più volte la testa contro il pavimento. "Muori Bastardo! Muori!" furono le uniche parole che pronunciai. Una macchia rossa che si allargava velocemente sulle mattonelle bianche mi fermò, quasi di colpo....
L'uomo giaceva a terra con gli occhi sbarrati. Compresi che l'avevo ucciso. Vidi che l'interno delle mie mani: era sporco di sangue. Guardai verso Luna. Mi alzai e le andai vicino. Tentai di farla rinvenire ma fu tutto inutile, finché mi accorsi di una profonda ferita che aveva dietro la testa. Finendo a terra aveva sbattuto violentemente il capo contro lo spigolo di un piccolo gradino posto sotto una finestra della sala. Ero al colmo della disperazione.
Gridai e urlai di dolore piangendo e disperandomi per non so quanto tempo, finché sentii dei passi che percorrevano il lungo corridoio che conduceva in quel luogo. Dopo qualche attimo vidi sbucare un individuo chiuso in un grosso impermeabile scuro, con un cappello a tese larghe sul viso e dei grandi occhiali scuri. Il nuovo venuto aveva una piccola borsa di pelle nera con sé. Si avvicinò lentamente verso di me, che ero inginocchiato accanto al corpo di Luna:
"Non credo, visto che è notte fonda, che qualcuno t'abbia visto entrare nello studio mio caro e impulsivo Robert" mi disse mentre si toglieva l'impermeabile appoggiandolo insieme alla borsa su un tavolino li vicino. Riconobbi Oswald. Mi aiutò ad alzarmi e mi fece un largo sorriso dandomi una pacca sulla spalla.

"Dai Robert, non ti è successo nulla, nulla che non sia comune agli umani."
Ero allibito e sotto shock:
"Ma…come nulla? Ho….ho ucciso il Maestro e…e Luna, mio Dio! Cosa ho fatto?"
"E allora?" mi chiese Oswald con sul viso quel suo ghigno ironico. Per un attimo, guardando i suoi occhi attraverso il vetro degli occhiali, che non aveva tolto, ebbi l'impressione che fosse quasi divertito."
"Era quello che prima o poi sarebbe accaduto mio caro. Ho sempre saputo di quel che provavi per sorella Sibilla ma mi ero anche reso conto che lei era molto legata a Walter. Mettiti l'animo in pace. Le piacevi ma non t'amava e tu non l'avresti accettato, mai. Ora però siediti qui e calmati. Ho spento le luci nello studio e tra poco andrò a fare una telefonata. Verrà qui qualcuno che farà sparire i corpi. Domani, con l'aiuto di Willard, faremo credere alla comunità che Walter e la sua compagna si siano dovuti recare improvvisamente di nuovo a Berlino per affari urgenti riguardanti la nuova sede e che sono partiti prestissimo. Poi con l'aiuto di alcuni contatti che ho laggiù farò simulare un incidente d'auto. I loro corpi saranno trovati carbonizzati. Non preoccuparti, ci sbarazzeremo anche di Willard. Lo rispediamo in Italia a dirigere vita natural durante la sede di Roma, così lo allontaniamo anche dalle beghe che ha qui con la legge. Non indagherà sull'improvvisa scomparsa di questi due. Gli parlerò io e lui mi crederà, vedrai. Se poi dovesse farti qualche domanda tu farai finta di cadere dalle nuvole. Ti starai sicuramente chiedendo cosa ci faccio qui io stasera. Ti dirò: ero venuto a fare il lavoro sporco ma tu mi hai anticipato. Vedi Robert, io e i miei fratelli siamo maestri in queste cose e non solo in queste" concluse ridacchiando.

"Ma…ma chi siete?" gli chiesi mentre lo guardavo inebetito. La sua espressione divenne seria::
"A suo tempo saprai questo e altre cose. Devo comunque dire che sono soddisfatto. Il tuo sentimentalismo stanotte ci ha liberato di due individui che stavano divenendo un problema. Facevano troppe domande, specialmente Walter. Tienilo a mente. Ora però mi scuserai perché devo prelevare il loro sangue e devo farlo in fretta. Sai, il nostro padrone è molto esigente in merito. Ma prima è necessario che tu ti rinfranchi un po'." Così dicendo aprì la borsa che aveva poggiato sul tavolo tirando fuori tutta l'attrezzatura necessaria al prelievo e alla conservazione del sangue. E insieme a questa estrasse anche una bottiglia e un paio di bicchieri; era una bottiglia che conoscevo bene. Oswald la aprì e riempì i bicchieri, poi me ne porse uno proponendomi un brindisi: "Ho qui davanti a me il nuovo dirigente della New Era for the World. A Baal, Nostro Padrone e Signore e a te Robert Dalton, suo umile servo. Possa tu servirlo per sempre, così come facciamo noi!"
In quel momento, istintivamente il mio sguardo cadde sui corpi esamini di Master Walter e di Luna, sorella Sibilla, la donna della quale m'ero invaghito.
La voce di Oswald mi scosse:
"Forza Robert, bevi con me! Mortui non mordet!

ES

DATE:

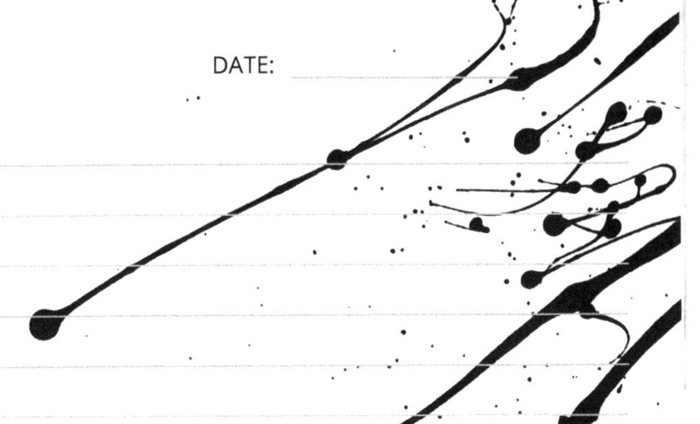

INDICE

www.ingramcontent.com/pod-product-compliance
Ingram Content Group UK Ltd.
Pitfield, Milton Keynes, MK11 3LW, UK
UKHW020239250726
13967UKWH00001B/450

9 781291 765663

AF60

THIS JOURNAL BELONGS T

www.niafaithlove.com

NOT

NOTES

DATE:

NOTES

DATE:

NOTES

DATE:

NOTES

DATE:

NOTES

DATE:

NOTES

DATE:

NOTES

DATE:

NOTES

DATE:

NOTES

DATE:

NOTES

DATE:

NOTES

DATE:

NOTES

DATE:

NOTES

DATE:

NOTES

DATE:

NOTES

DATE:

NOTES

DATE:

NOTES

DATE:

NOTES

DATE:

NOTES

DATE:

NOTES

DATE:

NOTES

DATE:

NOTES

DATE:

NOTES

DATE:

NOTES

DATE:

NOTES

DATE:

NOTES

DATE:

NOTES

DATE:

NOTES

DATE:

NOTES

DATE:

NOTES

DATE:

NOTES

DATE:

NOTES

DATE:

NOTES

DATE:

NOTES

DATE:

NOTES

DATE:

NOTES

DATE:

NOTES

DATE:

NOTES

DATE:

NOTES

DATE:

NOTES

DATE:

NOTES

DATE:

NOTES

DATE:

NOTES

DATE:

NOTES

DATE:

NOTES

DATE:

NOTES

DATE:

NOTES

DATE:

NOTES

DATE:

NOTES

DATE:

NOTES

DATE:

NOTES

DATE:

NOTES

DATE:

NOTES

DATE:

NOTES

DATE:

NOTES

DATE:

NOTES

DATE:

NOTES

DATE:

NOTES

DATE:

NOTES

DATE:

NOTES

DATE:

NOTES

DATE:

NOTES

DATE:

NOTES

DATE:

NOTES

DATE:

NOTES

DATE:

NOTES

DATE:

NOTES

DATE:

NOTES

DATE:

NOTES

DATE:

NOTES

DATE:

NOTES

DATE:

NOTES

DATE:

NOTES

DATE:

NOTES

DATE:

NOTES

DATE:

NOTES

DATE:

NOTES

DATE:

NOTES

DATE:

NOTES

DATE:

NOTES

DATE:

NOTES

DATE:

NOTES

DATE:

NOTES

DATE:

NOTES

DATE:

NOTES

DATE:

NOTES

DATE:

NOTES

DATE:

NOTES

DATE:

NOTES

DATE:

NOTES

DATE:

NOTES

DATE:

NOTES

DATE:

NOTES

DATE:

NOTES
DATE:

NOTES

DATE:

NOTES

DATE:

NOTES

DATE:

NOTES

DATE:

www.ingramcontent.com/pod-product-compliance
Ingram Content Group UK Ltd.
Pitfield, Milton Keynes, MK11 3LW, UK
UKHW020239250726
13967UKWH00001B/452

9 781387 797578